자수와 보자기로 세계를 지배하다

보자기 할배, 허동화

자수와 보자기로 세계를 지배하다

보자기 할배, 허동화

2015년 10월 7일 초판 1쇄 발행
2016년 12월 5일 초판 2쇄 발행

저 자	허동화
편 자	정병모
사 진	이상윤
기 획	윤수미 / 이혜규
펴낸이	김영애
펴낸곳	SniFactory
디자인	dreamdesign

등록	제2013-000163(2013년 6월 3일)
주소	서울시 강남구 삼성로96길 6 엘지트윈텔1차 1402호
	www.snifactory.com / dahal@dahal.co.kr
	전화 02-517-9385 / **팩스** 02-517-9386

ⓒ2015, 허동화

ISBN   979-11-86306-11-6

값 20,000원

보자기 할배, 허동화

자수와 보자기로
세계를 지배하다

허동화 저 정병모 편

다홀미디어

자수와 보자기로
세계를 지배하다

　아무도 대수롭지 않게 여기는 자수와 보자기를 세계적인 브랜드로 탈바꿈시킨 마이다스 손이 있다. 허동화 선생이다. 쓰다가 낡으면 버리는 하찮은 물건이 세계적 관심의 대상이 될 것이라고는, 허동화 선생 이전에는 꿈에서조차 생각하지 못했다. 그의 이력을 훑어보면, 한국자수박물관장, 환경작가, 박물관 협회장 등 여러 가지이지만. 그 어느 것도 자수와 조각보의 가치와 아름다움을 세계에 알린 문화 전도사의 업적을 넘어서지 못한다. 이어령 선생은 "허동화 님은 가을 낙엽으로 봄의 꽃동산을 만드는 마술사입니다." 라고 시적인 은유로써 그의 성취를 평한 바 있다.

　자수를 보자기에 싸 들고 세계 유수 박물관에서 전시하여 세계인의 가슴을 사로잡게 한 공헌에 대해서는 우리 모두 아낌없는 박수를 보내야 할 것이다. 영국 애쉬몰린미술관, 프랑스 니스박물관, 미국 샌프란시스코 동아시아박물관, 일본민예관 등 세계 유명한 박물관에서 자수와 보자기 전시회를 연 덕분에, 이제는 자수 국제학술회의가 정기적으로 열리고, 크리스챤 디오르·샤넬·이세이

미야케·앙드레 김 등 세계적인 디자이너들이 조각보의 패턴을 활용하는 시도가 이제는 놀라운 뉴스가 아니며, 호주·터키 등 외국의 디자인계 판도를 바꿀 정도였으니 그 파급효과는 우리의 예상을 뛰어넘는다.

내가 허동화 선생과 인연을 맺게 된 것은 2012년 일 년간 동아일보에 '민화 세계'라는 칼럼을 연재했을 때다. 1월 18일 '신사임당이 개척한 초충도'라는 제목의 글에서 허동화 선생을 짧게 언급한 것이 계기가 되었다.

"그(신사임당)가 태어난 강릉은 현재 자수의 문화로 유명하다. 평범한 생활용품에 지나지 않던 강릉 자수는 최근 세계인의 감탄을 자아내는 보석이 됐

프롤로그

다. 강릉에서 자수 같은 규방 문화가 발달한 배경에는 신사임당 같은 사대부 여인의 전통이 있다. 또 현대에 들어 그 아름다움에 주목한 사람들의 역할도 컸다. 한국자수박물관의 허동화 관장 같은 사람들이 강릉 자수를 비롯해 우리나라의 자수와 보자기를 세계 여러 박물관에서 전시하며 그 아름다움을 널리 알렸다."

그날 아침, 허동화 선생이 나에게 전화를 했다. 고맙다는 인사다. 그 일로 허동화 선생의 여러 행사에 자연스럽게 참여하는 계기가 되었다. 그해 10월 27일 영은미술관에서 개관 20주년 기념으로 '허동화, 그가 걸어온 소박한 예술이야기'라는 전시회가 열렸다. 그 전시회 도록에 실을 허동화 선생에 대한 한마디 글을 부탁받았다.

"민화와 자수 보자기는 부부지간이다. 민화가 남성의 예술이라면, 자수 보자기는 여성의 문화다. 허동화 관장님의 자수보자기에 대한 각별한 사랑이 민화를 전공하는 나에게 예사롭지 않은 것은 두 장르간의 이 같은 인연 때문이다. 허 관장님은 자수 보자기에 대한 수집과 연구를 넘어 새로운 예술세계를 개척하고 계신다. 못 쓰는 옛 물건들을 조합하여 생명력을 불어넣으시고, 옛 보자기의 아름다운 구성을 응용하여 현대적인 추상화를 창출하신다. 나이와 장르를 무색게 하는 허 관장님의 우리 문화에 대한 열정은 젊은 우리의 피까지 끓게 한다."

내가 허동화 선생의 이야기를 쓰고 있는 것은 민화와 자수·보자기가 부부지간과도 같다는 생각 때문이다. 물론 둘은 모두 일치하지는 않지만 상당 부분 공통분모를 지니고 있다. 현대 민화는 여성들의 전유물처럼 되어버렸다. 그 뿌리를 거슬러 올라가면 조선시대 자수 보자기를 만든 우리의 옛 여인들을 만

난다. 분명 조선시대 여인들의 예술적 DNA 일
부가 지금의 민화 작가들에게 내림한 것이다. 참
으로 예술적인 감성이 뛰어난 민족이다. 민화와
자수 보자기는 표현 매체만 다를 뿐 조형세계
는 상통하는 것이다.

올해 허동화 선생은 구순을 맞이한다. 구
순 기념으로 나는 허동화 선생이 지금까지 살아
온 다큐멘터리를 정리해보기로 했다. 허동화 선생이 쓴 『세상에서 제일 작은 박
물관 이야기』(1997)의 책과 그 이후 간간히 잡지 등에 기고했던 글들을 다듬고,
평소 허동화 선생과 교류가 깊은 이어령 선생과 외국 박물관 관장들의 글들, 그
리고 허동화 선생을 특집으로 다루어주었던 기자들의 글들을 추렸다. 여기에
허동화 선생에 대한 나의 새 글을 덧붙였다. 마치 나탈리 콜Natalie Cole이 아버지
냇 킹 콜Nat King Cole의 노래인 'Unforgettable', 'When I fall in love' 등에

서 자신의 목소리를 입힌 것처럼, 선학과 후학의 듀엣을 시도해보았다.

책의 곳곳에는 허동화 선생과 박영숙 여사가 평생 모은 컬렉션 가운데 명품들을 도판으로 실어서 책의 아름다움을 돋보이게 했다. 제목은 『중앙선데이』 'S매거진'에 실린 허동화 선생의 기사의 제목인 '보자기 할배, 허동화'에서 빌려왔다. 이를 허락한 정형모 부장께 감사의 마음을 전한다. 이 책이 허동화 선생과 박영숙 여사가 평생 애쓰고 가꾼 자수와 보자기의 아름다운 이야기를 세상에 다시금 환기시키는 계기가 되기를 바란다.

2015. 9. 15.

정 병 모

목차

1

자수, 컬렉터의 길을 걷다

어찌 용모인들 남에게 빠지리요
바느질 길쌈 솜씨 그 역시 좋은데
가난한 집에 나서 자라난 탓에
중매할미 모두 몰라 준다오

밤새도록 쉬지 않고 베를 짜는데
삐걱삐걱 베틀소리 차갑게 울리네
베틀에는 한필 베가 짜여졌는데
뉘 집 아씨 시집갈 때 옷감 되려나

손으로 쉬지 않고 가위질하면
추운 밤 열 손가락 곱아 오는데
남 위해 시집갈 옷 짜고 있건만
자기는 해마다 홀로 산다오

가난한 여인 / 허난설헌

수집, 발품 팔고, 공 들이고

무언가를 수집한다는 건 인간이면 누구나 지니는 공통된 본능이라고 생각한다. 돈만 아는 사람을 수전노니 노랑이니 하며 욕된 말로 부르지만, 알고 보면 돈을 수집하는 병이 깊어져서 듣는 말일 것이다.

나는 어릴 때부터 수집벽이 유별났다. 어려서부터 맘에 드는 물건이 손에 들어오면 하나로는 불안해서 똑같은 걸 두세 개씩 구해 갖고 있어야 안심하곤 했다. 그리고 책갈피라든가 옷가지 등 깊숙이 비밀스런 곳에 쟁여 놓았다. 아무도 모르는 곳에 소중한 것이 있다는 것은 은밀하고 풍요로운 감정을 더해 주었다.

그러나 수집의 신비는 무엇보다 사물에 대한 남다른 애정이 깊어진다는 데 있다. 그것이 무엇이든 애정과 정성을 쏟을 수 있는 것이면 생을 윤택하게 만든다고 믿는다. 물론 수집이 가능하려면 몇 가지 여건이 갖추어져야 한다. 대상을 감식하는 눈이 있어야 하고, 얼마간의 재력과 펼쳐 놓을 공간도 필요하다. 이 어느 것도 나에겐 없었다. 그러니 수집가로 일생을 살게 된 건 순전히 나의 힘이 아니다. 그렇다면 무엇에 이끌려 오늘날까지 살아 왔을까.

나의 고향은 황해도 봉산이다. 우리나라 어느 곳이나 그렇지만 봉산은 아름다운 산천과 뚜렷한 사계절, 맑은 강물이 노래하며 흐르는 곡창지대였다. 농산물 중에는 특히 콩, 조, 팥 같은 잡곡이 많이 생산되지만 우리 집은 어려웠다. 그런데 어린 눈에 신기하게 비치는 일이 있었다. 어머니는 구걸하는 거지가 오면 꼭 상을 차려내셨다. 물론 우리 어머니만 그런 것은 아니다. 너나없이 그저 인심이 후했다. 내 고향은 후덕한 마음 씀씀이뿐 아니라 봉산 탈춤으로도 유명한데, 춤을 추듯 행동거지가 느릿느릿하고 성격도 강렬하지 않았다.

어머니는 교육을 많이 받은 분은 아니었지만 당신 자녀들에게 반말하신 적이 없다. 얼마 전 새를 파는 집에 갔더니 들어서자마자 구관조라는 녀석이 "얼마에요, 얼마에요?"를 연신 부르짖었다. 사람들이 늘 얼마냐고 물어대는 바람에 저절로 배운 모양이었다. 교육이란 그런 것이다. 우리는 어머니의 각별한 사랑과 기대를 받고 자랐고, 그 사랑이 뿌리가 되어 예전이나 지금이나 되도록 남에게 후하게 대하려고 애쓴다.

자수, 컬렉터의 길을 걷다

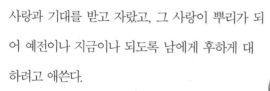

왼쪽부터
화조문 붓주머니
7cm×19cm, 19C
화문 붓주머니
6cm×29.5cm, 19C
화문 수저주머니
8cm×34.5cm, 19C

우리 박물관에 오면 제일 먼저 사전가細家라는 팻말이 눈에 띈다. 국민대학교 조형대 학장 윤호섭 교수가 멋들어지게 디자인한 것을 팻말로 만들었다. 굳이 풀이하자면 사전細이 사는 집이다. 사전細은 내 호다. 실사絲자 하나

면 굵은 실이고, 둘이면 가는 실을 뜻한다. 여기에 밭전田자가 붙어 실처럼 가늘고 구불구불한 논두렁 밭두렁 길이나 실밭을 뜻한다. 향수에 젖어 살던 20대 후반에 시골에서 태어난 걸 고맙고 자랑스럽게 여기며 평생 촌사람으로 살고자 지었던 이름이다.

신의 섭리

돌이켜보면 지난 세월은 꼭 신이 마련해준 운명처럼 느껴진다. 젊은 시절에는 여러 갈래의 가능성과 삶이 있었을 터인데, 하필이면 자수와 보자기 등 실로 짠 직물을 모아 놓은 자수 박물관을 지키며 살게 되다니 신비롭다.

앞에서도 말했지만 무언가

수집, 발품 팔고, 공 들이고

를 수집하려면 그저 마음만 있다고 가능한 일이 아니다. 나는 미학이나 사학에 대한 배움도 없었고 경제력 역시 풍족하지 못했다. 이렇듯 딱히 인연도 없으면서 오랫동안 수집가로서의 외길을 걸어 온 데는 이 일을 하지 않으면 안 되는 소명이 부여되어 있었기 때문이 아닐까. 자기 분야에 몰두하고 깨끗한 마음을 쌓으면 순간 어느 알지 못하는 이와 대화를 하게 된다. 어떤 이는 그것을 순간적인 영감 또는 신기神氣라고도 하는데, 나는 신神이라 부르고 싶다. 자기 능력을 넘어선 결과로 인해 명성을 얻고 사회와 국가로 그 여파가 파급되어 갈 때 누구나 경험하는 일일 것이다.

스스로 하는 일을 큰일이라고 평가하고 싶지는 않지만, 가끔 주변 사람이 예의 삼아 혹은 진심으로 찬사를 보내 올 때 문득 '어려운 일을 했구나.' 하는 감회에 젖는다. 객관적으로, 어느 모로 보나 나는 수집가가 되기 힘들었다. 그러나 풍요롭게 태어나지 않아도 의사라는 직업을 갖고 있는 아내를 만나 생활고에서 벗어날 수 있었고, 무엇보다 안목은 경험을 토대로 하지만 새것을 접해서는 순간적인 감식과 판단이 필요한데 이때 신의 계시가 슬그머니 개입되곤 했다.

70년대 초에는 이것저것 수집거리가 많았는데, 골동상의 연락을 받고 산적은 드물었다. 몇 시에 어느 가게에 가면 뭐가 있을 것이라는 영감이 떠올라 찾아가면 반드시 그 물건이 기다리고 있었다. 그때마다 어떤 신비한 힘에 놀라곤 했다. 또 돈이 꼭 필요한데 수중에 한 푼도 없을 때면 누가 갖다 주는 것은 아니지만 우연히 생기곤 했다.

정작 일에 관련해서 신의 가호가 있었던 건 분명하다. 그동안 나는 자수와 보자기에 관한 책을 몇 권 출판했다. 책 만드는 일은 확실히 능력 밖의 일이다. 1978년에 출판한 『한국의 자수』는 우리 자수를 언급한 책의 효시였다. 호화 장정으로 만들어 지금 가격으로 50여 만 원을 호가하는 책이었는데, 2,000여 권이 6개월 만에 모두 팔려 절판되었다. 1982년에 나온 『한국의 고자수』는 일본에서 공예 분야 출판으로 잘 알려진 교토에 있는 출판사 도호샤同朋舍에서 간행했다. 그 출판사 사장이 직접 방문해서 후한 대접할 테니 자수 관련 책을 내자고 제의했다. 그리하여 1,000권을 찍었는데 1년도 못 되어 절판되었고, 일본에서 훌륭한 책으로 격찬이 자자했다.

특히 아시안 게임을 염두에 두고 내놓은 『규중공예』에 얽힌 뒷얘기를 보면 나에게 책 출판의 은사가 내린 게 분명하다. 또 『코리아 투데이』라는 영문 잡지에서 3년 동안 자수를 비롯하여 규중공예 특집을 다루어 인기를 얻은 바 있는데, 그냥 묻어 두기가 아까워서 잡지사 사장한테 이 특집을 모아 신년호 잡지를 팔 때 보너스로 주면 어떻겠느냐고 제의했으나 고개를 내둘러 거절했다. 결국 다 만들어진 필름을 내가

좌: 화문자수 바늘주머니 4cm×12cm, 19C
우: 궁중쌍용문 안경주머니 6cm×14cm, 19C

자수·컬렉터의 길을 걷다

가져다 6,000부를 찍어 단시일에 몽땅 팔았다. 정말 날개가 돋친 책이었다. 영문판에 이어서 학계에서 외국에 보낼 선물용으로 많이 사갔던 것이다.

1988년 올림픽 때 '옛보자기전' 전시 도록 역시 3,000권을 출판해서 큰 호응을 받았다. 사진작가 유재력 씨가 몇 십억을 투자해서 캘린더 사업을 벌렸다가 어렵게 되자, 그때 보자기 필름을 비롯한 모든 필름을 채권자의 손에 넘겨 버렸다. 그런데 그 채권자가 자신에게는 필요 없으니 가져가라고 하여 그것으로 옛보자기 도록을 만들었다.

우연이라고 하기엔 나는 참으로 행운을 타고 났다. 크리스천으로, 나는 되도록 맑고 깨끗하게 무엇보다 누구한테든 폐를 끼치지 않고 살고자 했다. 그리고 여유가 생기면서 남을 먼저 생각했고 나라와 민족에 공헌할 일이 없을까 궁리도 했다. 그렇게 해서 나라에 도움이 되는 일인지를 판단하고, 확신이 서면 그때마다 스스로를 접어두고 힘써 앞장섰다.

지금은 학계나 예술계에서 허동화가 자

수와 보자기를 수집하고 연구하지 않았다면 어둠에 묻히고 말았을 거라고 공치사를 하곤 한다. 그러나 그건 나 혼자서 빚어 낸 공로가 아니다. 여자도 아닌 남자가 바느질이라면 젬병인 주제에 규중에 묻힌 자수와 인연이 닿은 것은 신의 섭리며, 삶과 신앙심의 깊이를 더해 준 신의 구상이었다고 믿는다.

수집가로서의 자부심

수집가는 이제 나의 별칭이 되었다. 오랫동안 이 일에 빠져들다 보니 수집에 대해서 몇 마디 할 수도 있게 되었다. 노하우라면 우습게 들리겠으나 경험하지 않고는 얻기 힘든 지혜 몇 가지를 얘기하고 싶다. 혹 수집에 열정이 있는 이에게는 반가운 얘깃거리가 되기도 할 것이다.

수집의 분야는 매우 다양하다. 그런데 환금 가치를 위해 수집하는 사람이 태반으로, 대부분 희소하고 값비싼 것을 대상으로 하는 데 이런 수집은 경계해야 한다. 돈 때문에 모은 것은 반드시 돈으로 변하게 마련이다. 돈이란 늘 아쉬운 법이어서 수집품은 쉬이 팔리고 만다. 책을 만들겠다는 의도를 갖고 수집을 한다면, 이 자료가 책의 한 페이지가 될 자격이 있느냐 아니냐를 판단하게 되는데 그러면 그것이 비싸고 비교 자료에 불과하더라도 사게 된다.

가능하면 수집하는 종류도 적어야 한다. 시간이나 돈이나 대상에는 한계가 있으므로 될수록 범위를 좁혀 깊이 들어가야 한다. 또 수집은 발품을 팔아서 해야 한다. 대상으로 삼은 물건이 자기에게 모습을 보이도록 길을 닦아 주기

자수, 컬렉터의 길을 걷다

도 해야 한다. 대체로 수집 대상은 숨어 있기 일쑤다. 예를 들면 비단 조각보는 호남 지방에서 많이 나왔다. 그래서 한 집에서 나오면 분가한 아들 딸 집을 찾아가고 그들 장롱 속을 들여다보아서 찾아오곤 했다. 어떻게 가지를 뻗어 나갈 수 있을까 상상하고 나올 수 있도록 길을 터 주어야 한다.

필요한 자료를 물려받으려면 돈으로만 되지는 않는다. 시간과 정성을 들여야 한다. 구운몽 병풍은 10년 동안 정성을 들여 얻었다. 그 이상 걸린 것도 수두룩하다. 정성을 들이다 보면 감동해서 또는 여러 사정이 생겨서 양도받을 기회가 찾아오곤 했다.

초심자의 수집은 일절 정체가 알려져서는 안 된다. 부득이한 경우를 제외하고 겉으로 알려지면 수집이 어려워진다. 무엇보다 값이 비싸지고, 그러다 보면 경쟁자가 생기기 때문이다. 일정한 양을 수집하게 되면 수집을 도와주는 사람을 통해서 화제가 되고 소문이 나는데, 그 단계가 되면 공개할 준비를 해야 한다. 그러면 공개된 상황을 보고 양도할 생각을 갖거나 팔겠다는 사람이 많이 나타난다. 따라서 일단 공개를 하고 수집하면 희귀한 자료나 양도받기 어려웠던 자료, 개중에는 전혀 무엇인지 판단을 하

지 못했던 자료가 나오기도 한다. 소규모 공개를 거치고 나면 다음에는 대대적

인 공개가 필요해진다. 몇 단계의 공개 과정을 거치면 대부분 입수가 가능하다.

그후에는 값이 올라가지만 희소한 문화재급을 마지막으로 수집하는 단계로 이

어진다.

수집하는 일에는 오묘한 생명력이 있는 듯하다. 환금 가치를 염두에 두고

수집을 시작했다 하더라도, 고미술품에는 살아 숨쉬는 혼이 있어서 결코 상품

구운몽도九雲夢圖 10첩 167cm×37cm, 19C

으로 내버려 두지 않는다. 민족의 문화재가 되는 것이다. 그렇게 되면 당초 집착했던 욕심이 슬며시 사라지고 문화재 가치로 발전시키는 방향으로 협력하게 된다. 초기에 그런 생각을 가졌다 하여 저속하다거나 비판적으로 보아서는 안 된다. 수집 자체는 설령 다시 돈으로 바뀐다고 하더라도 한자리에 정성을 들여 모아 두었다는 자체가 사회적으로 큰 공로이기 때문이다. 그것을 문화재로 활용한다면 존경할 대상이 아니겠는가. 어떤 동기로 어떤 결과가 있든 남다른 고생

을 하고 절약하여 쏟아 부은 마음과 노력으로 이루
어진 것이므로 격려를 보내주는 게 옳다.

　나는 수집가로서 보람을 느낀다. 다른 어떤 분
야에 이만한 노력과 정성을 들여 성취하고 벼슬을
하였다 한들 이처럼 뿌듯할 수는 없었을 것이다. 세
계적인 석학이나 국내외 유명 인사가 필자를 만나고
싶어하고, 필자 또한 함께 즐겁고 보람있는 건 오로
지 우리 문화재를 수집했기 때문에 가능한 별스럽고
즐거운 결과라고 생각한다.

　수집에는 사람을 순수하게 만드는 힘이 있다.
그 힘이 사회나 국가, 더 거창하게는 인류에 공헌하
고자 하는 큰마음으로 이어지게 만든다.

🌺 허동화

자수, 컬렉터의 길을 걷다

유물을 낚으며, 사람을 낚으며

자신을 갈고 다듬는 일에 힘쓰기 시작한 때는 수집가로서의 인생을 시작하기 훨씬 전이었다. 나에게 필요한 것은 무엇보다 인내심을 기르는 일이었다.

대개 고미술상은 돈 욕심이 있긴 하나 수집 경륜도 있고 국가 의식도 갖춘 사람이 찾아와 자기 물건을 사가길 바란다. 그래서 주로 박물관을 대상으로 기다렸다 파는 일이 많다. 골동품을 사이에 두고 돈이 오가는 일이라 막상 적당한 대상을 만났다 해도 서로 견주고 승강이를 벌인다. 자연히 분위기가 무르익을 때까지 기다려야 한다. 어떤 때는 몇 시간만에 결판이 나지만, 경우에 따라서는 며칠 또는 몇 년이 걸리기도 한다. 가격을 절충하는 자리에서는 절대 흥분하지 말아야 한다. 게다가 보여주기만 하고 팔기를 원하지 않을 때는 그야말로 4~5년은 족히 지극 정성을 바쳐야 한다. 수집은 기다림과 진중함 없이는 해내기 어려운 일이다.

참고 견디는 지혜를 얻게 된 것은 바로 낚시를 통해서였다. 낚시에는 놀이

요소가 짙다. 그러나 낚시의 맛은 육체적인 면보다는 정신적인 데 있다. 물과 산이 어우러진 자연의 맑은 공기 속으로 흠뻑 빠져들어 정신을 통일시키는 정적인 면이 두드러진다. 물론 배를 옮기고 험한 물을 거쳐 물가로 나가기까지는 동적인 면이 강하다. 정적인 면을 통해 인내심을 길렀다면, 동적인 면을 통해 위장병과 허약한 신체를 단련시켰다.

소년 시절, 고향에서 갈대가 우거진 강가로 낚시를 하러 나가곤 했다. 그 시절이야 플라스틱 낚싯대는 언감생심 구경조차 할 수 없었으므로 갈대 서너 개를 연결하여 길게 만들고, 거기에 명주실로 낚싯줄을 이었으며, 낚싯대 중간쯤에는 닭털을 달아서 여간 멋을 부리지 않았다. 그렇게 만든 낚싯대를 둘러메고 손에는 소쿠리를 들고 호기롭게 강가로 나갔다. 물 좋은 자리에 둥지를 틀고 앉아 낚싯줄에 날파리를 끼워 바람 부는 강 안쪽을 택해서 휘익 낚싯줄을 던진다.

닭털이 바람에 흔들리고 갈대가 휘영휘영 허리를 굽히고 강 바닥엔 물비늘이 지고…. 편안하고 유유히 흐르는 맑은 물을 바라보며 고즈넉하게 가뭇 시간을 잊고 있노라면 어느 틈에 둔중한 녀석이 날파리를 물고 요란하게 물 위로 튀어 오른다. 그러면 낚싯대가 활처럼 휘어지면서 녀석이 몸부림치는 게 온몸으로 생생하게 퍼진다.

한번은 낚시를 하다가 소나기를 만났다. 빗속에서 낚시하는 운치도 여간 별스럽지 않으나 그 날은 워낙 굵은 빗줄기라 배를 보관하는 집으로 잠시 비를 피하러 들어갔다. 마침 점심때라 여러 사람이 웅성웅성 모여 출출한 배를 채우고 있었다. 옆 탁자에서 낚시 얘기가 들려 왔다. 귀가 번쩍 뜨였다. 그들은 허 아무개를 들먹이고 있지 않은가. 날 험담하는가 싶어서 귀를 기울였다. 눈치를 보아 하니 낚시꾼들 사이에서 남보다 고기를 많이 낚는 내 낚시 행적이 화젯거리였던 모양이다. 낚시를 즐기는 이유에 대해 한마디씩 오갔다.

나도 속으로 가만히 그 이유를 생각해 보았다. 낚시 기술은 시간만 투자하면 어차피 누구나 오십보 백보다. 중요한 것은 고기와 자신이 일치해야 한다. 음양오행이나 음양화합은 낚시에도 여지없이 적용된다. 무턱대고 강가에 앉아 낚시를 드리우고 있다 해서 물고기가 넙죽 와 안기는 것이 아니다. 계절, 물살, 조류, 끌이, 접비, 물고기 크기와 움직임 등을 세심하게 살펴서 녀석과 대화하듯 동태를 파악해야 한다. 물과 물고기를 마치 오랜 벗처럼 사귀어야 하는 것이다.

인간사도 마찬가지다. 세상이라는 강이나 바다에서 사람을 낚는 일은 상대방의 생각, 성격, 환경을 파악하고 나서야 비로소 가능하다.

『회남자』에서 "성인은 도덕을 낚싯줄로 삼고 인의를 미끼로 삼아 그것을 천지간에 던진다. 만물 가운데 한 가지라도 그의 소유가 아닌 것 없고, 그물을 펼쳐 강과 바다에 던지니 새나 물고기 가운데 놓칠 것이 없다."고 하였다.

낚시는 고기가 물릴 때까지, 또 그것을 완전히 낚아 올리기까지 오래 기다려야 하므로 인내심을 필요로 한다. 낚시에 고기가 물린 걸 감지하면 견지로 그 줄을 감아서 올려야 하는데 줄을 너무 풀면 감각을 잃게 되고, 또 너무 조이면 줄이 끊어지거나 낚싯대가 부러진다. 인내력을 적절히 조절하면서 성난 사자 얼굴처럼 무섭게 변한 고기가 힘껏 도망칠 때 낚싯줄을 풀어주고 다시 감기를 반복하는 동안 긴 시간이 흐른다. 한 오라기 가냘픈 실낱 끝을 물고 요동치는 물고기의 탄력 있는 움직임에 이끌리는 동안 여러 생각이 머릿속을 오간다. 혹 줄이 끊어지거나 대가 부러지면 물속에 뛰어들어서 끝까지 쫓아가야지, 아니야 어쩌면 낚시에 끌려서 배가 뒤척이다 익사할지도 모르는데 진정해야지 하고 중얼거리면서 자제한다.

오랫동안 즐겨 온 낚시를 통해 참을성·신중성·기술성이 마치 본래 성격처럼 되기에 이르렀고, 물고기뿐 아니라 사람도 인생의 벗으로 많이 낚을 수 있었으며, 그것은 인생사에 알게 모르게 여러모로 도움이 되었고 때로는 방향을 결정지어 주기도 했다.

🌺 허동화

자수 속에 핀
화초의 의미

자수는 꽃이다.

자수 문양을 유심히 살펴보면서 매번 그 오묘한 아름다움에 놀란다. 수많은 이파리가 새나 꽃처럼 형상화되어 이파리인지 꽃인지 새인지 구별할 수가 없다. 나뭇가지에 주렁주렁 달린 꽃이나 열매, 새는 출생, 성장, 영생, 영화, 화려함을 상징한다. 자수품을 모으면서 옛 여인의 마음을 어렴풋하게나마 느끼기 시작한 뒤부터 화초를 가꾸는 일에 정성을 기울이게 되었다. 자수인의 노고와 정성을 알기 위해 바느질을 배우려고 했으나 여러 사정으로 뜻을 이루지 못했던 터에 화초를 가꾸면서 자수품에 담긴 갖가지 상징을 읽을 수 있었다.

꽃빛깔이 화려하고 향기가 그윽한 난蘭이 막 봉오리를 터뜨리기 전의 모습은 영락없이 웅크린 새 같다. 옛 여인도 화초를 즐겨 가꾸며 이러한 영상을 발견하고 그 속에서 영화와 영생을 염원하며 수를 놓지 않았을까. 자수를 흔히 꽃으로 표현한다. 주머니에 수가 놓이면 꽃 주머니, 버선에 수가 놓이면 꽃버선이라고 부른다. 낮을 보내고 밤을 지새우며 오색실로 한 땀 한 땀 수를 놓는 일

매화문상자 받침보 13cm×13cm, 19C

과 싹을 틔우고 꽃을 보기 위해 밤낮으로 화초를 가꾸는 일이 무엇이 다를까.
착한 소망을 오랫동안 키워야 비로소 꽃이 핀다고 했다. 기원전 2세기에 유향이
라는 중국인은 『설원』이라는 책에서 다음과 같은 얘기 한 토막을 틀려 준다.

"어진 사람과 함께 있으면 마치 난꽃 향기가 가득 찬 방에 들어간 듯이 그
사람의 착한 언행이 눈에 뜨인다. 그러나 시간이 지나면 난향을 느끼지 못하는
것처럼 착한 행실이 눈에 띄지 않게 된다. 그것은 바로 자신도 착한 사람에 교화

되어 저도 모르는 사이에 착한 행동을 하게 되기 때문이다."

옛 선비는 매화와 난을 즐겨 길렀다. 매화는 찬 기운으로 꽃이 피므로 그 품위가 맑고, 난은 고요함이 꽃으로 변하므로 기품이 깊고 그윽하다고 칭송을 아끼지 않았다. 사철 변하지 않는 자태와 잎이 그려내는 우아한 곡선미, 그윽한 꽃향기에서 참된 멋과 아름다움을 발견하고 그 안에서 군자의 진면목을 구했던 것이다.

봄날 한갓진 오후 한나절 화초를 일일이 거두다가 문득 돌아보면 새가 날아와 앉은 듯 꽃들이 활짝 피어 있는 모습을 보게 된다. 어느 꼭두새벽 덜 깬 손짓으로 문을 열면 화초들이 일제히 긴 밤 꿈에서 깨어나 반긴다. 어느 겨울 밤 무엇엔가 사무쳐 화초 곁을 서성이면 연인처럼 마음을 다독거려 주기도 한다.

우리 집 거실에는 사시사철 수많은 화분이 서로 경쟁하듯 어우러져 한껏 제 생명력을 과시한다. 그래서인지 사람들은 거실에 들어서는 순간 다소 놀라운 표정으로 화초를 둘러보곤 한다. 오랫동안 화초를 키우며 재미난 현상을 깨달았다. 비교적 값싸고 흔한 것은 생명력이 강하고, 번식이 잘 된다. 이러한 화초는 대체로 키우기도 쉬워 별로 손길을 안 주어도 저 혼자 큰다. 그런데 비싼 화초는 손을 많이 타고 노심초사하게 만든다. 잠시만 무심해도 그 새를 못 참고 생명을 놓아 버리기 일쑤다.

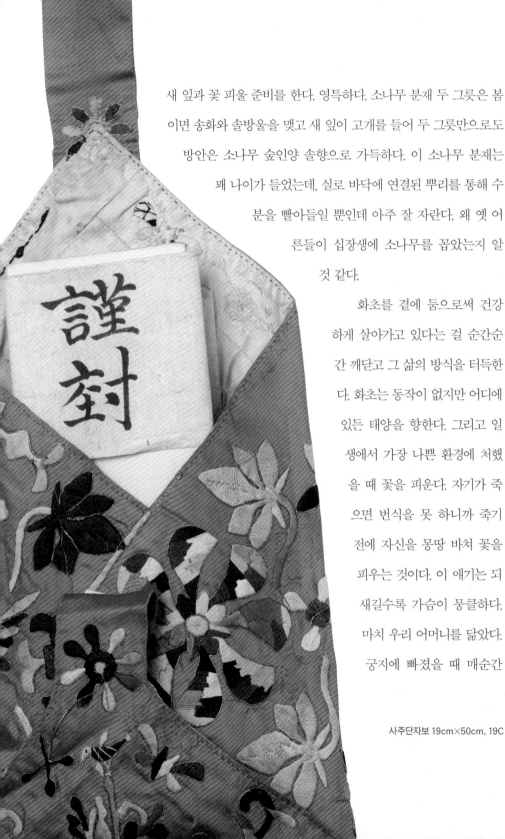

새 잎과 꽃 피울 준비를 한다. 영특하다. 소나무 분재 두 그릇은 봄이면 송화와 솔방울을 맺고 새 잎이 고개를 들어 두 그릇만으로도 방안은 소나무 숲인양 솔향으로 가득하다. 이 소나무 분재는 꽤 나이가 들었는데, 실로 바닥에 연결된 뿌리를 통해 수분을 빨아들일 뿐인데 아주 잘 자란다. 왜 옛 어른들이 십장생에 소나무를 꼽았는지 알 것 같다.

화초를 곁에 둠으로써 건강하게 살아가고 있다는 걸 순간순간 깨닫고 그 삶의 방식을 터득한다. 화초는 동작이 없지만 어디에 있든 태양을 향한다. 그리고 일생에서 가장 나쁜 환경에 처했을 때 꽃을 피운다. 자기가 죽으면 번식을 못 하니까 죽기 전에 자신을 몽땅 바쳐 꽃을 피우는 것이다. 이 애기는 되새길수록 가슴이 뭉클하다. 마치 우리 어머니를 닮았다. 궁지에 빠졌을 때 매순간

사주단자보 19cm×50cm, 19C

해야 하는 일을 깨닫고 살아남는 지혜를 화초에서 배운다.

꿈 많던 공자는 이상을 실현하기 위해 평생 여러 나라를 떠돌았다. 그러나 실패하고 사랑마저 잃고 나서 고향으로 돌아가던 중 산속에서 한 송이 난을 만나 눈물지었다고 한다. 가끔 자수를 들여다보거나 꽃을 바라보면서 더없이 난을 사랑한 공자의 마음을 알 듯 하다.

허동화

자수 속에 핀 화초의 의미

최고의
컬렉션은?

자수와 조각보 하면, 우리는 금세 허동화 선생을 떠올린다. 오늘날 그가 자수와 조각보의 대명사가 된 계기는 자수 수집에서 비롯되었다. 컬렉터로서 시작하여 박물관장, 연구가, 세계적인 문화전도사, 아티스트 역할까지 했으니, 컬렉터로서 더할 나위 없는 삶을 산 것이다. 주변 여건이 절묘하게 맞아떨어졌기에 가능한 일이다. 조자용과 만남, 자수와의 둘도 없는 인연, 부인 박영숙 여사의 든든한 뒷받침, 50여 차례의 해외전시 등 그의 삶은 기적의 연속이었다. 그는 "이것은 내 힘으로 이루어진 것이 아니다. 신의 은총으로 이루어진 것이다."라고 고백한다.

조자용

허동화 선생과 동갑내기 친구이자 같은 북한 출신인 조자용과의 만남이 그의 운명을 뒤바꿨다. 하버드대학 대학원 건축과를 나온 조자용은 그의 전업인 건축을 팽개치고 민화 운동에 전념한 민화 수집가이자 민화 연구가다. 무명화가들의 그림인 민화에서 세계적인 가치를 찾아내고 이를 국내외에 알리는 데 평생을 바친 이다. 그의 도움을 받아 시작된 자수 수집은 그의 운명이 되었다. 평범한 것에서 비범한 가치를 찾아내는 골드 디거gold digger의 대열에 들어선 것이다.

타래버선 총 길이 19cm, 너비 14cm, 19C

　　우리에게 큰 자긍심을 안겨준 조각보의 수집도 우연한 기회에 이루어졌다. 자수를 수집한다고 전국에 소문이 난 터라 상인들이 자수를 보자기에 싸서 가져오는데, 그 보자기가 예사롭지 않았다. 그 뒤 보자기를 얻으려고 일부러 자수를 사기도 했다. 그가 세상을 깜짝 놀라게 한 아이템 조각보는 이렇게 해서 운명처럼 다가온 것이다.

　　그가 골동품을 수집하는 데에는 나름대로 노하우가 있다. 우선 옷을 허름하게 입고 가야하고, 표정관리 잘하며, 흥분하지 말아야 하고, 적당히 외상을 져야 외상값을 받기 위해 물건을 가지고 오며, 종종 상인에게 용돈을 줘야 하고, 상인의 기호를 잘 파악해야 하며, 소문을 내지 말아야 한다고 했다. 골동품 상점이 모여 있는 장안평에서 그의 별명은 "넝마주이"다. 종이 줍는 거지라는 뜻이다. 장안평을 갈 때는 허름한 옷을 입고 간다. 돈 많은 사람으로 알고 비싸게 부를지 모르기 때문이다. 어느 날 장안평에서 나이가 많은 사람이 구두를 닦고 있는 모습을 보게 되었다. 그런데 구두를 닦는 천이 자수조각이었다. 허동화 선생은 당장 그걸 나 줄 수 없느냐고 묻고, 담뱃값을 주었다. 그 이후 상인들 사이에 "허동화는 걸레까지 가져가는 사람이고, 그것도 돈을 쳐서 주는 사람"이라고 소문이 났다.

물론 실수담도 있다. 강릉 자수를 가져오는 김아무개라는 중개상이 있었다. 그가 가져온 것에 대해서는 어떤 선택도 하지 않고 몽땅 사들였더니, 그는 늘 한 보따리 자수를 가져왔다. 어느 날 강릉에 직접 가서 골동품상과 거래를 했더니 자수 가격이 매우 쌌다. 그 소식을 전해들은 김아무개는 싼 물건을 비싸게 판 것에 대해 양심의 가책을 느꼈는지 그 이후 발길을 끊었다. 차라리 가만히 놔두었으면 강릉 자수를 더 가져왔을 텐데 조금 아끼려다가 거래가 끊어지는 낭패를 보았다는 일화다.

〈자수사계분경도〉 보물 제653호

그의 컬렉션 가운데 보물 제653호로 지정된 자수병풍이 있다. 〈자수사계분경도〉다. 1979년 금당金堂 사건으로 세상을 떠들썩하게 했던 정해석이 갖고 있던 자수까치호랑이를 보러갔을 때, 그는 고려시대 〈자수사계분경도〉도 함께 보여주었다. 어느 나라 대사에게 판 것이라 했다. 그때 문화재전문위원이었던 허동화 선생은 "내가 본 이상 다른 나라에 못나간다"고 슬쩍 으름장을 놓았다.

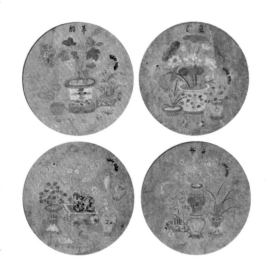

그런데 며칠 후 정해석으로부터 연락이 왔다. "선생님 아직도 필요하세요?" 그의 품으로 온 이 자수병풍은 바로 문화재로 지정되었다. 이로 말미암아 꽃꽂이와 분재가 일본에서 흘러들어왔다는 이야기는 쏙 들어갔으니, 톡톡히 효자 노릇을 한 셈이다.

나는 허동화 선생께 물었다. "선생님이 평생 모은 것 가운데 최고의 컬렉션은 무엇입니까?" 그는 서슴없이 엄지손가락으로 옆을 가리켰다. 손가락 끝에는 부인 박영숙 여사가 앉아있었다. 한바탕 웃었다. 박영숙 여사는 서울대 치대 수석 졸업한 유명한 치과의사이고, 오빠가 을지병원과 을지대학을 설립한 박영하다. 우리는 자수와 조각보의 주인공으로 허동화 선생을 내세우지만, 박영숙 여사의 내조가 없으면 가능한 일이 아니다. 부부화합이 이룬 가장 아름다운 결실이다.

하필 그때, 내 집사람이 옆에서 이 장면을 지켜보고 있었다. 집사람의 따가운 시선을 애써 외면한 채 큰소리로 다음 질문을 이어갔다. "선생님, 요즘은 어떤 작품을 하십니까?"

🌸 정병모

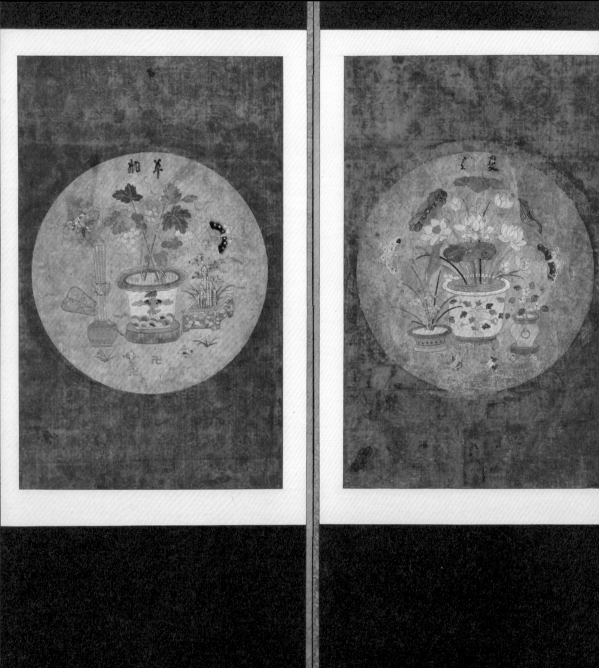

사계분경도四季盆景圖 4첩 66cm×40.5cm, 14C, 보물 제563호

한을 아름다움으로
바꾼 바늘의 예술

인간은 가장 단단한 쇠로 두 가지 물건을 만들었다. 하나는 칼이고 하나는 바늘이다. 칼은 자르고 끊고 동강나게 하고 찢는다. 그것은 남성의 상징이며 전쟁의 상징이다. 때로는 피, 때로는 상흔을 남긴다. 그러나 같은 강철로 만든 것이지만 바늘은 정반대의 일을 한다. 찢겨진 것을 합치고 헤진 것을 깁는다. 분열이 아니라 결합이며 단절이 아니라 연속이다. 그것은 면면히 이어지는 실의 형태 혹은 끝없이 펼쳐지는 포목의 계속성과 같다.

바늘은 칼보다 약해 보이지만 인간이 매서운 혹한의 땅을 넘어 삶의 영토를 개척한 것은 바로 바늘의 힘이었다. 짐승의 가죽을 꿰매 털옷을 짓는 바늘이 없었다면 칼이나 그 어떤 연모로도 툰드라에 생명의 길을 열지는 못했을 것이다.

바늘은 또 실용적 기능의 세계만 지니고 있는 것이 아니다. 아름다운 생명의 무늬를 만들어내는 장식의 세계를 함께 창조한다. 그것이 바늘이 자아내는 자수문화다. 기능과 장식의 두 세계를 이어 조화롭게 통합해 낸 그 힘이야

말로 바늘의 여성 문화를 완성해 간 승리의 에너지라고 할 수 있다. 자수는 바탕천을 보다 튼튼하게 하는 실용적 목적을 지니고 있으면서도 한편으로는 그 평범한 천에 공작새보다도 현란한 색깔과 무늬를 만들어 준다. 생활용품이 예술품이 되고 보잘 것 없는 포목이 금은보석으로 변신되는 마법의 바늘. 자수야 말로 문화적 부가가치를 창출하는 힘의 조형祖型이라고 하지 않을 수 없다.

수저 주머니나 붓 주머니 같은 평범한 생활용품이라도 자수에 의해 장식이 붙게 되면 일상에 억눌린 땀과 때는 환희의 웃음과 놀라움의 탄성으로 변한다. 흙 묻은 신발은 꽃신이 되고 퇴색한 벽은 수 병풍의 꽃과 새가 된다. 잔칫날의 그 즐겁고 화사한 음향에 높은 음자리표가 붙는 것도 다름 아닌 신부의 족두리와 신랑의 흉배에 놓여진 오색의 수繡에 의해서다. 그리고 베개와 침구에 수놓은 금실과 은실은 한밤중의 어둠을 불사르고 정갈한 신부의 방을 꾸며주기도 한다. 그렇게 고되고 남루한 살림 속에서도 때로는 굴욕의 역사

궁중연화문 귀주머니
14cm×15cm, 19C

045

하늘 아름다움으로 바꾼 바늘의 예술

속에서도 한국인은 미당未堂의 어느 시구처럼 '누이의 어깨 너머로 수틀을 보듯' 아름답게 세상을 볼 수 있었다. 수를 놓는 여인들의 바늘은 남성들이 휘두른 칼자국을 달래어 베갯모의 침묵으로 변형시킨다. 용·구름·불로초·십 장생의 신기한 짐승들과 바위가 어울려 살고 있는 세계, 한 올 한 올이 이상한 광채를 발하는 색실의 리듬 속에서 우리는 소나무의 바람 소리와 학이 비상하는 하늘의 진동을 본다. 그리고 수·복·강·영의 길상어吉祥語 문양文樣의 한자 한자에서 우리는 멀고 먼 우리 할아버지 할머니의 기도를 듣는다.

한국의 자수는 만들어진 작품 자체보다도 그것을 만들어낸 바느질의 과정 속에 더 많은 의미를 담는다. 한국 여성들은 짓눌린 한이나 그렇게도 배곯은 가난 속에서 어떻게 저리도 다양하고 사치스러운 색깔과 무늬를 만들어 낼 수 있었는가. 평수이던 자련수이던 혹은 이음수·징금수·매듭수라 하더라도 매니큐어를 칠할 줄 모르던 한국여인의 소박한 손톱 끝에서 펼쳐지는 자수에는 언제나 어둠을 빛으로 바꾸고 폭력을 섬세한 생명의 숨길로 뒤집는 신비한 드라마가 연출된다. 이무리 비천한 여인이라도 가슴속 깊이 숨겨둔 서원誓願을 한 바늘 한 바늘 옮기고 있는 그 모습은 그 옛날 손

길상문자문 붓주머니
8cm×51.5cm, 19C

수 비단을 짜 〈태평송太平頌〉을 수놓았다던 진덕여왕과 다를 게 없다. 그렇지 않으면 백제에서 먼 일본 땅으로 건너가 바느질을 가르쳤다는 진모진眞毛津의 외롭

고도 자랑스러운 모습과도 닮은 데가 있다.

세계의 어떤 나라도 수 문화가 없는 곳이 없지만 한국의 자수문화가 유별났다는 것은 원나라가 자수 기능녀를 조공으로 바치라고 한 것을 미루어 보아도 짐작할 수 있다.

전문가들이 지적하고 있는 것처럼 한국의 전통자수는 "주제의 표현이 자유로워, 규정·규제에서 벗어나 대담한 생략과 자유스러운 변형으로 멋과 익살을 표현한 것"이 많다고 했다. 그러나 자신의 서명조차 남기지 못한 이 무명의 예술가들과 그 예술품들만큼 급작스럽게 우리 주변에서 사라지는 문화도 없다.

처음부터 생활과 함께 숨쉬어온 예술이기 때문에 실용성이 사라지면 기능과 함께 그 예술성도 잊혀지게 된다. 대량생산 대량소비의 편하고 값싼 서양문물 속에서 우리의 자수문화만큼 시들어버린 것도 없다. 여인의 덕목이었던 힘든 자수의 수련은 근대의 기계와 톱니바퀴가 대신한다. 천은 삭고 색실은 퇴색하고 형체는 헐어버린다. 여인들의 한과 정성이 바늘이 스치고 지나간 자국마다 아프게 살아있었던 자수의 생명들이 산업화 근대화의 오십년 동안에 완전히 호흡을 멈춘 것이나 다름이 없다.

그러나 세상에는 백 사람이 떠나도 혼자 남아 있고 천 사람이 앉아 있어도 혼자 떠나는 슬기롭고 용기 있는 사람들이 있다. 허동화 자수박물관장이 바로 그런 분이다. 남들

047

궁중십장생수 두루주머니
14.5cm×14.5cm, 19C

이 다 떠난 자리에 남아 소실해가는 한국의 전통 자수를 지키고 보존하는 일을 위해 한자리를 지켰다. 그리고 남들이 다 움직이지 않을 때 한국의 전통 자수의 그 아름다움을 세계에 알리기 위해서 지구의 여러 도시를 향해 떠났다. 수많은 전시회와 강연들을 통해서 한국의 여성문화와 한국인의 깊은 예술의 혼을 세계에 알리고 새 세기로 이어주었다.

수를 놓았던 사람보다도 더 섬세하고 더 참을성 있고 그리고 더 훌륭한 예술적 안목을 지닌 허동화 선생의 수집으로 다시 한번 잃어버렸던 우리 자수 문화에 눈을 돌리고 귀를 기울이게 된 것에 대해서 참으로 감사와 존경의 뜻을 전하지 않을 수 없다.

『The World of Colorful Delight』(2001)에서, 이어령

기쁨과 희망을 샘솟게 하는
한국의 자수문화

1996년 한국자수박물관의 소장품으로 '조선왕조시대의 자수와 직물' 전시가 내가 관장으로 근무하던 국립국제미술관에서 개최되었다. 그때 나는 출품된 작품의 높은 예술성과 신선함에 깊은 감동을 받았다. 그리고 허동화 관장의 강연을 듣고 그 작품들이 한국여성들의 주거공간에서 면면히 이어져 온 격조있는 전통 규방문화인 것을 알게 되었다. 특히 자수와 보자기 문화는 허동화, 박영숙 부부에 의하여 발굴되었으며, 두 분의 헌신적 관심으로 수집되지 않고 방치되었다면 영구히 그 문화는 빛을 못 보게 되었으리라 생각된다.

지금까지 나눈 한국 문화인들의 견해나 1970년대 모노크롬 회화의 성행 등을 통해서 한국 조형예술의 특색은 백색에 있으며 비애의 감정과 관계있다고 생각하고 있었다. 그런데 이 전시회에 전시된 자수의상을 비롯 자수병풍 등의 실내 조형물에서부터 소품의 보자기에 이르기까지 동, 식물을 소재로 한 다채로운 길상문양, 세련된 색면대비 그리고 그 속에서 생동하는 희망과 기쁨의 묘사는 매우 독창적인 것이었다. '바늘과 실'의 연연한 조형 전통을 알리는 '희망

을 누비며 기쁨을 이어가는' 전시의 주제는 바로 전시내용의 참뜻을 알리는 역할을 하게 되었다

귀족, 서민을 막론하고 혼례로부터 여러 길사吉事에 쓰여지는 각종 직물을 장식한 자수 속에는 장수, 복락, 다산을 기원하는 문양이 등장한다. 즉 용, 봉황 등 성수聖獸 외에 새, 짐승, 물고기 등 동물소재와 나무와 과실 따위의 식물문양이 자주 등장한다. 특히 천계天界, 지상계地上界, 수계水界의 열 가지 물상으로 불로장생의 선계仙界를 그린 십장생 문양에는 신선神仙사상에 근본을 둔 이상적 세계관이 표현되어 있다. 그 모든 것이 음양오행설陰陽五行說의 원리를 청·백·적·흑·황의 오방색 즉, 색동이라 불리는 오채五彩를 중심으로 원색에 가까운 색들을 조합 구성하는 디자인이며, 여성의 예복이나 유아들 옷에 보이기도 한다. 그리고 음과 양의 대립적 원리를 표현하는 색채를 조합한 디자인은 이색적인 색채로 마무리 한 삼회장저고리에 전형적으로 나타난다.

이처럼 풍부하고 다양 다채롭게 생활주변을 장식하는 풍습은 어디서 유래하는 것일까? 재일 한인화가 이우환은 "다른 나라에서 예가 없을 정도로 조선시대 민화는 방대하며 그 사회에서 그림은 생활공간의 일부로서 큰 역할을 했음을 알 수 있다. 그것은 그때 그 사람들이 그림을 좋아했기 때문이라거나 그것을 귀중하게 여겼다기보다는 당시 생활의 장소 특히 주거공간을 중요시 한 것을 말해주는 것이다." 라고 하였다

자수, 컬렉터의 길을 걷다

그것은 상류사회뿐만 아니라 일반서민에게도 생활 속에 그림들이 꼭 있어야 했음을 말해 준다. 이러한 사례는 중국의 세화歲畵나 도교적 전통 속에서 이루어진 벽사초복辟邪招福을 기원하는 부적 같은데 단적으로 나타나 있다. 이같은 전통을 이어온 한국의 자수지만 여기서 내 관심사는 이러한 작품의 현대적 성격에 주목한다. 허동화 관장도 전통문화 속에는 과거·현재·미래가 같이 호흡하고 있으며 고전이 현대와 융합할 때 미래의 문화가 창출되어가며 하나의 민족문화에는 보편성과 특수성이 공존하고 있다고 말했다.

　　전시회 당시 많은 관람객이 보자기의 기하학적 문양을 보고 몬드리안이나 끌레 보다 선구적 자취에 감탄, 감동하였다. 전통이란 단순히 과거사가 아닌 현대감각 속에서 숨쉬고 있을 때 진정한 전통이 되는 것이다. 그 속에서는 미래도 예감해야 한다.

　　불란서에서는 미술가의 다수가 루브르 박물관 보다는 인류학 박물관에 더 큰 흥미를 느낀다고 한다. 말하자면 세계 여러 민족의 일상 생활

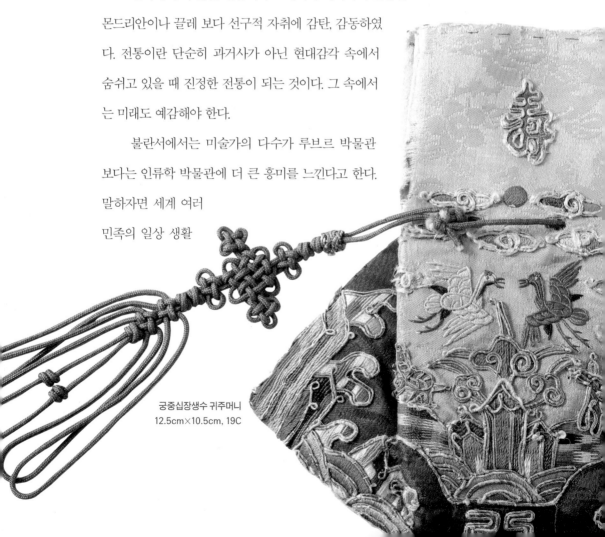

궁중십장생수 귀주머니
12.5cm×10.5cm, 19C

궁중호문자수 11cm, 19C

용품이나 종교 의례품 같은 비예술적 물품을 전시하는 박물관이 왜 미술가의 관심을 끌고 있는가? 그 이유는 이런 민족자료에 새로운 예술의 양분養分이 함유되어 있기 때문이다. 이런 내용은 한국자수박물관의 수집품에 대해서도 같은 의견이다.

허동화, 박영숙 부부가 전통 자수, 의상, 보자기 등에서 발견한 것처럼 서민들의 염직물이나 자수 속에서 가풍이나 용도에 따라 표현양식이 다른 것은 매우 흥미로우며 자기 욕구를 자제하는 자의식에서 해방된 자유성, 대담성, 생략과 과장, 흥겨운 유머 등 한국여성이 창출해 낸 섬유예술에는 무한한 아름다움과 신비가 있는 것이다. 허동화, 박영숙 부부의 수집품이 두 권의 책자로 발간되어 그 많은 작품이 수록된 것을 보면서 한국처럼 풍요로운 문화를 가진 나라는 또 없다고 생각한다.

일본도 예로부터 다종다양한 염색이 발달한 나라지만 자수문화는 그리 발달하지 않았다. 세계에서 뛰어난 독보적인 한국의 자수와 각종 염직물 등을 비롯한 민간문화는 세계의 민족예술 가운데 매우 독보적인 예술로 평가받고 있으며, 미래의 미를 창출하는 보고寶庫이며 희열의 샘이며 새 천년을 맞이하는 지구인들에게 큰 선물이 될 것이다.

『이렇게 좋은 자수』(2001)에서, 기무라 시게노부木村重信
일본 효고현립근대미술관장

053

기쁨과 희망을 샘솟게 하는 한국의 자수문화

2

꿈을 담은
보자기

기쁨을 이으며 　　　　秋 보 보 보자기
노여움을 감싸고 　　　　벼이삭 춤을 추는
슬픔을 접으며 　　　　　보 보 보자기
즐거움을 펼쳐가네 　　　풍요한 나날

春 보 보 보자기 　　　　冬 보 보 보자기
따사론 햇살아래 　　　　하얀 눈꽃 안아
보 보 보자기 　　　　　　보 보 보자기
새싹이 방긋 웃네 　　　　새봄을 기다리네

夏 보 보 보자기
흐르는 구름아래
보 보 보자기
구슬땀을 식히며 　　　　보자기 / 양정선·전재숙

전통 보자기,
복을 전하다

보자기의 미에 반하다

　우리나라 옛 보자기가 훌륭하다는 생각은 미처 하지 못했었다. 60년대 초 자수 수집에 대한 열정이 불붙기 시작하던 무렵, 수가 놓인 것이면 뭐든 자수 문화라고 설정해 놓고 있었다. 그런데 수놓인 보자기를 팔러 오거나 물건을 싸서 가져오는 일이 더러 생겼다. 그때까지만 해도 그저 보자기는 물건을 담는 하찮은 일상용품으로 생각하여 대수롭지 않게 보았다. 그러던 것이 30여 년이라는 적지 않은 세월 동안 수집을 계속하면서 보자기는 우리 조상의 생활 속에서 필요에 의해 만들어진 실용품으로서의 기능을 다할 뿐만 아니라 예술적으로도 뛰어난 작품임을 알게 되었다.

　강렬한 원색끼리의 대비로 이루어진 것, 은은한 중간색에 강한 원색을 조화시킨 것, 단아한 무채색으로 차분하게 꾸민 것 등 우리의 보자기는 그야말로 색채를 아주 능숙하게 구사한 세련되고 독특한 미의식의 결정체임을 깨닫게 된 것이다. 조선시대에 이미 현대적 의미의 미술품으로서도 손색없는 보자기가 탄생했다는 점은 나를 설레게 하기에 충분했다.

보자기는 그 문양과 표현 기법, 구성 양식 등이 시간을 뛰어넘어 현대로 맥을 통하고 있다. 선인들의 생활 소도구였던 보자기에서 극히 현대적이고 세련된 조형감각을 찾아볼 수 있다는 것은 정말 놀라운 일이다.

옛날엔 집 천장이 낮고 공간도 좁았다. 서민은 방 하나나 둘에서 온가족이 살았는데, 자식이 출가하기 전에는 대략 십여 명이나 되었다. 비좁은 방에 옷장, 이불장, 식탁, 침대 같은 고정 가구를 들여 놓을 수 없다 보니 고안한 것이 소반이며, 반닫이 위에 이불과 요를 얹어놓았고, 선반에도 세간, 잡동사니를 싼 각종 보따리를 올려놓았다. 보자기는 용적을 최대한 이용하다가도 접어서 둘 때는 공간을 별로 차지하지 않으며 쓰임새가 다양하여 좁은 공간에서 쓰는 가재도구로는 그만이었다. 모나지 않고 둥글둥글한 여러 색채의 보따리가 얹혀 있는 모습은 그대로 한 폭의 그림이 되었다.

보자기를 흔히 물건을 싸는 도구로만 한정짓기 쉽지만 의외로 그 사용 범위는 넓어서 가리는 것, 덮는 것, 받치는 것, 상징적인 것, 신앙적인 것 등으로 다양하다. 밥상보, 이불보 등의 용도로 일상생활에 두루 사용되었음은 물론이고 혼례용, 불교의식용으로도 쓰였다.

가족사진 같은 조각보

이름 모를 한 여인이 가족들의 옷을 짓고 남은 자투리 천으로 소박하게

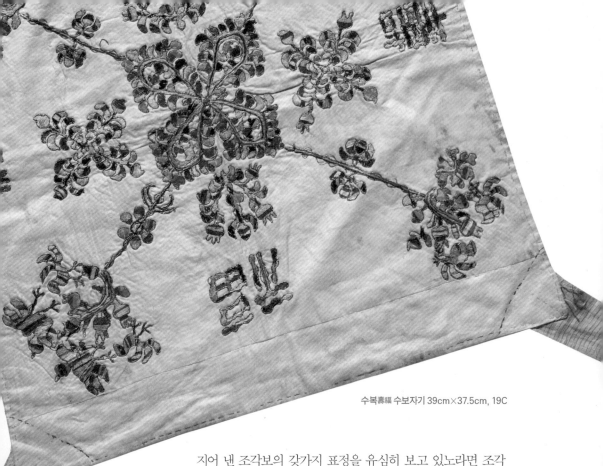

수복壽福 수보자기 39cm×37.5cm, 19C

지어 낸 조각보의 갖가지 표정을 유심히 보고 있노라면 조각 하나하나가 마치 가족을 연상시키는 가족사진 같은 느낌이 든다. 양색을 많이 써서 불행을 예방하고 행복을 가져오도록 기원했으며, 생일날 국수를 먹듯 조각을 이어서 무병장수를 꿈꾸고, 어망처럼 불행을 걸러 내길 바랬던 마음 또한 엿볼 수 있다. 조각보는 물자를 절약하고 폐품을 활용한다는 의미 외에도, 고생스럽게 만들면 덕목을 이룰 수 있다는 문화적 의미를 담고 발전되어 온 것이다.

수보도 조각보와 함께 유품이 많이 전해 오는데 아마도 수보에 담긴 민간 신앙적 요소 때문인 듯하다. 학·봉황 등의 서조瑞鳥와 나무·꽃 등의 자연물 및 수壽·복福 등의 문자 문을 수놓아 복락을 기원한 수보는 특히 강릉을 중심으로 한 관동 지방에서 많이 발견되고 있는데 이 지방의 가가호호에서 수보 제작이 성했고, 주로 미혼 여성이 혼례용으로 만들었다고 한다.

그동안 모아들인 보자기를 공개하여 미학적으로 평가를 받게 되니까 진품인지 요즘 만든 것인지를 확인해 보려고 보자기를 들고 오는 이가 많다. 그런 이들을 위해 옛 보자기의 특징을 몇 가지만 살피면 이렇다.

보자기에는 끈이 달린 것과 그렇지 않은 것이 있다. 대체로 끈이 없는 것을 내보라 하여 깨지지 말라고 물건을 싸거나 장식으로 쌀 때 쓰고, 다 싼 상자라든지 큰 보따리를 싸는 외보에는 끈을 달았다. 끈을 달 부분에 먼저 네모진 천을 단단하게 달고 그 위에 끈을 달아 견고하게 바느질을 했다. 당겨도 본래의 천이 찢어지지 않도록 하기 위해 비례에 맞게 천을 덧달았던 것이다.

바느질의 미학

또 보자기를 마무리할 때 가장자리에 하는 바느질을 상침이라 하는데 겉에서 보면 두 땀 지나가다 간격을 두고 다시 두 땀을 두어 바느질한 표시가 난다. 한 땀씩 하면 시침질처럼 되지만 이렇게 두 땀이나 세 땀씩 간격을 두어 바느질하면 겉감과 속감을 고정시키기도 하고 상당히 예쁘게 장식된다. 그래서 여러 가지 색실을 써서 전체 분위기에 돌출되도록 한다. 귀족층의 것은 대개 다섯 땀이나 일곱 땀으로 되어 있다. 보자기는 서민이 쓰던 것이 귀족의 것보다 많이 발견되는데 땀수 뒷면을 보면 색실이 일자로 이어져 있다. 앞에서는 한 땀이 건

너갔지만 뒤에서는 다시 반복해
서 건너가므로 실이 일자로 죽 이
어진다.

자수에서는 재료의 동질성도
상당히 중요하다. 주로 명주실로 수
놓고 바탕천도 비단을 쓴 경우가 많
은데 같은 재료로 만들어야 부드럽고 원만하
기 때문이다. 그런데 관동 지방의 수보자기는 면에다가 명주실로 수놓은
것이 태반이다. 명주실로 수를 놓으면 예쁘기는 하지만 수명이 길지 못하므로
실용성을 고려한 것이다. 이렇듯 우리자수 공예품은 실생활에 쓰이는 것이기 때
문에 항상 생명을 고려했다. 또한 면에다가 수를 놓았어도 보자기의 안쪽에는
귀한 물건이 닿으므로 다시 명주를 대어 정성을 다한 마음을 읽을 수 있다.

서민층에서 명주 보자기를 가장 많이 사용했다. 서민층의 명주는 실밥
이 굵고 고르지 않으나 그 자체로 아름답다. 겹쳐진 부분을 손톱이나 바늘로
들추면 퇴색되지 않은 염색 물감이 아직도 남아 있는 걸 볼 수 있다. 또 밥상보
같은 경우에는 콩기름이나 들기름 같은 식물성 기름으로 처리한 종이(식지)가
안쪽에 대어 있어서 몇 십 년이 지났어도 기름 냄새가 난다.

주로 많이 발견되는 조각보는 비단·모시·베 등으로 만들어져 있다. 구
성의 미를 살펴 미학적으로 높은 평가를 받고 있는데 이불보나 병풍을 싸는
큰 보자기는 대개 몇 백 개의 천 조각을 이은 것으로 워낙 질긴 천으로 되어
있다. 많이 쓴 보자기일수록 자주 빨아서 아청색이 희뜩희뜩해 보인다.

꿈을 담은 보자기

도주문보陶朱紋褓 49cm×49cm, 19C

전통 보자기, 복을 전하다

예로부터 여성이 출가할 때는 옷과 옷감 등 여러 가지 물목을 가져갔는데 보자기 물목을 처음 경험한 것은 지금 살았으면 백 살이 훨씬 넘었을 김씨의 것이었다. 옛날 여인은 이름 없이 그저 성만 호적에 올렸는데, 김씨도 그랬다. 김씨의 2대손이 그 물목을 간직하고 있었는데 보자기 물목에는 봉황이 그려진 자리보, 아청색 보자기 등 혼수보 60장과 쓸보 12장까지 72장이 기록되어 있었다. 거기에다가 경대, 요강, 바느질 도구와 옷감 등을 싼 보자기도 상당수 있었다. 옆에 적힌 옷의 물목에는 적삼, 고쟁이, 속치마, 저고리 등속이 500점이 넘었다. 옛날에는 열 개를 단위로 하여 한 죽이라고 불렀다. 한 죽마다 보자기를 한 장씩 끼워 두어 여벌 보자기가 50장 있었다. 합해서 122장이 되는 셈이다. 또한 숫자를 정확히 알 수 없으나 세간을 싸 둔 것까지 합하면 150여 장이 훨씬 넘을 것이다.

한 여인이 시집갈 때 줄잡아

꿈을 담은 보자기

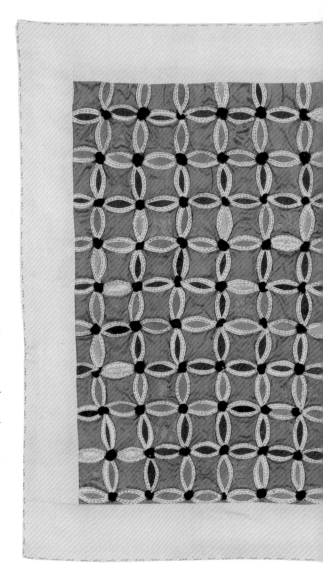

백여 장이 넘는 보자기를 가져갔을 정도이니, 우리네 생활 속에 보자기는 그야
말로 지천으로 널려 있었다. 그러나 이제는 일회용 비닐봉지나 종이 가방이 보
자기가 밀려난 자리에 넘치고 있다. 더불어 옛 여인이 간직했던 미적 감각도 실
용적인 슬기도 속절없이 사라진 것
은 아닌지 모르겠다. 이런 안타까움
과 사라지는 것에 대한 그리움으로
보자기 수집에 그토록 애착을 부렸
던 것이다.

허동화

전통 보자기, 복을 전하다

누비고전문 상보 64cm×47cm, 19C

규방에서 꽃핀 '어머니 예술' 조각보와 수보

보자기는 사용계층에 따라 궁보宮褓와 민보民褓로 대별되는데, 민보는 제작 방법에 따라 조각보·수보·식지보食紙褓 등으로 분류할 수 있다. 또한 꾸밈새에 따라 홑보·겹보·솜보·누비보 등으로 나누기도 하며, 문양을 만드는 방법에 의해 당채로 그린 당채보唐彩褓, 금분金粉으로 찍은 금박보, 보판에 물감을 묻혀 찍어낸 판보 등으로 나눌 수 있다. 이 외에 재료로 사용된 직물을 기준으로 하여 명주보明紬褓, 사보紗褓, 단보緞褓, 모시보, 무명보, 베보 등으로 분류하기도 한다.

조각보의 탄생

조각보는 공예품으로서 모든 계층의 여인들이 즐겨 만들고 사용하는 전통생활용품으로 19세기에서 20세기 초엽에 걸쳐 많이 제작되었다. 본래 조각보는 쓰다 남은 색색의 천 조각을 이어서 만든 것이다. 일상생활에서 쓰다 남은 천을 활용한다는 생활의 지혜의 소산이므로 주로 일반 서민층에서 통용되었으며, 실제로 궁보 중에서는 아직까지 조각보가 발견된 예가 없다.

민간에서 조각보 외에 조각천을 활용하여 생활소품을 만들어 쓴 사례가 허다하다. 아주 작은 천조각을 이용한 잣배기 베갯모가 있다. 이것은 잣알만한 세모꼴의 조각을 촘촘히 박아 넣어 장식한 베갯모이다. 잣배기는 보자기의 한 귀퉁이를 장식하는 데도 쓰였다. 그리고 이보다 더 큰 조각들로 골무를 만들거나 저고리 앞섶을 작은 오색의 조각으로 꾸미기도 했으며, 약간 큰 조각들은 조각 상자나 바느질 도구, 실패 등을 만드는 데 썼다. 이보다 조금 더 큰 조각들을 가지고 만든 것이 조각보이다.

우리나라에서 조각보 보자기가 발달하게 된 까닭은 무엇보다도 주거 공간의 협소함에 있다. 조각보자기는 펴고 접을 때마다 용적의 신축이 자유로워, 보관하거나 운반할 때는 용적을 최대한 이용해서 사용하였고, 사용하지 않을 때는 작게 접어 둘 수 있었으므로 가재도구로서 기능성이 뛰어났기 때문에 다양한 용도로 사용되었다.

간혹 조각보 가운데에는 사용한 흔적이 전혀 없는 것도 많은데 이런 사실들은, 구체적인 용도를 염두하지 않고 머릿속으로 그려서 꿰매어 잇는 조각보 작업 자체의 즐거움이 조각보 탄생 동기가 되기도 하였음을 보여준다. 이러한 순수 창작의 기쁨은 당시의 폐쇄 사회에서 여성이 받는 억압을 정화시켜 주었을 것이며, 이것은 노동과 오락이 분리되지 않은 가장 건전한 의미에서의

잣배기문 베갯모 9cm, 19C

여가 선용이었다고 말할 수 있겠다. 또한 조각들을 이어간다는 연장의 개념이 장수長壽를 축원하고 공을 많이 들이는 만큼 초복初福의 매개체가 될 수 있다는 속신俗信이 조각보 제작을 더욱 성하게 한 요인의 하나로 작용했고 오랫동안 대물림을 거쳐 장롱 깊숙이 간직되어왔을 것으로 본다.

직물의 소재와 바느질 기법

조각보에 주로 사용된 직물은 각종 견직물과 모시 등으로 대부분 같은 종류끼리 조합되어 있다. 간혹 얇은 견직물인 사 종류와 모시가 이어진 것도 있지만 조형적인 배려에서 질감을 고려했음인지 거의 같은 종류의 천 조각으로 이루어져 있다. 얇은 사紗나 라羅 따위의 견직물이나 모시로 된 조각보는 대부분 홑보로 여름에 사용되었으며, 비교적 두터운 단 종류와 명주 같은 견직물은 겹보로 꾸며져 겨울철에 주로 사용되었다.

조각보의 제작상의 특징은 홑보

의 경우, 안감을 다시 대지 않으므로 천조
각들을 이어붙일 때 솔기 부분의 실이 풀
리지 않도록 이중으로 홈질을 해서 솔기
를 싸는 것이다. 특히 솔기부분의 바느질
은 천과 같은 색의 실을 사용하지 않고 오
히려 천을 바탕으로 두드러져 보이는 색
의 실을 써서 바느질 땀을 선명히 보여준
다. 이렇게 보자기 전면에 바느질 궤적을
드러내어 바느질이 천조각을 이어 붙이기
위한 수단에 그치지 않고 보자기를 장식
하는 요소가 되고 있다.   겹보를 꾸밀 때
는 접혀 들어간 시접부분이 어느 한쪽으
로 쏠리지 않게 하기 위해 시접을 양쪽으
로 꺾은 다음 천의 겉면에서 감침질을 하
였다. 이때도 눈에 띄는 색실을 사용해 감
친 흔적을 보여주는데, 홑보에서와는 달리
바느질 자국을 그대로 노출시키지 않고 보
일 듯 말 듯 나타내는 것이 겹보 바느질의
묘미이다.

   현존하는 조각보의 직물에는 사紗,

꽃잎 연속 받침보 50cm×50cm, 19C

리羅류가 많은데 모두 기계직이다. 우리나라에서 기계직 직물이 널리 쓰이기 시작한 시기는 19세기 후반부터였는데, 이때는 국내에서 기계직 직물을 생산했을 뿐 아니라 일본 등지로 수입하기도 했다. 이러한 사실로 미루어볼 때 현존하는 대부분의 조각보가 19세기 후반에서 20세기 초엽에 만들어졌음을 알 수 있다.

조각보는 크기에 따라 그 쓰임새가 달랐는데, 1폭 이내의 조각보로는 받침보·덮개보·노리개보 등이 있고, 2폭 정도의 조각보 중에는 상보가 압도적으로 많다. 상보에는 모두 꼭지가 달려 있고 식지食紙(기름종이)가 안쪽에 대어 있다. 여름용 상보는 얇은 견직물이나 모시로 된 홑보가, 겨울용으로는 두터운 견직물로 된 겹보가 전형적이다. 4~5폭짜리 조각보는 옷감보나 이불보로 쓰였는데 옷감보는 싸 두는 옷감과 같은 종류의 천으로 만든 조각보가 쓰였다. 모시로 된 옷감보에는 특히 끈 달린 것이 많다. 빨래보는 빨랫감을 싸서 밟을 때 사용하므로 질긴 베나 굵은 모시를 주로 사용했다. 이불보는 조각보 중 가장 큰 것에 속하며, 모시 조각보가 많다.

조각보의 장식

조각천의 이어진 모서리에 달린 박쥐 무늬장식은 가로 약 0.7cm, 세로 약 0.4cm 내외의 작은 장식인데 천조각이 이어진 모서리 중 전체적으로 사각형 혹은 대각선을 이루는 모서리마다 달려 있다. 이런 장식은 겹보의 경우 조각보의 안과 겉을 고정시켜주는 기능적 역할과 함께, 빨강·노랑·파랑·초록·흰색 등 명도가 높은 색상을 주로 사용하여 실용성과 장식성을 갖추게 했다.

상보床褓의 꼭지 역시 상보를 들기 위한 기능적 역할과 동시에 장식도 겸하며, 겹보의 경우 안감(보통 명도가 낮음)을 겉감쪽으로 넘어오게 하여 겉감을 튼튼하게 감싸주는 역할과 함께 액자의 테두리 같이 보자기를 돋보이는 역할을 한다. 색실을 이용한 바느질 땀도 홑보와 겹보의 특성에 따라 적절하게 실을 노출시켜 한올 한올이 독특한 장식이 되게 한다.

조각보의 기하학적 패턴 구성

조각천이 결합되어 있는 양상은 매우 다양하지만 몇 가지 패턴으로 나누어 볼 수 있다.

첫째, 조각 천 자체의 모양이 정사각형이거나 이등변 삼각형의 조각이 두 개나 네 개 모여 정사각형 모양을 이룬 것이 질서 정연하게 결합되어 있는 패턴이 있다. 이 경우 같은 색의 조각들이 사선을 이루도록 배치한 미적 배려를 발견할 수 있다.

둘째, 보자기 중앙부의 네모꼴을 중심으로 동심원이 퍼져 나가듯 조각 천이 점차 확대되어 나가는 구조가 있다. 이때 보자기 중앙부가 우물 정井자를 이루도록 조각 천의 색과 면을 구성하거나 바람개비 날개가 돌아가듯 일정한 방향으로 조각 천을 배열함으로써 변화를 주었다. 견직물로 만든 조각보 중에는 이 중심 부분에 수를 놓은 것도 있다.

꿈을 담은 보자기

셋째, 고전문보古錢紋褓라 하여 극히 작위적이고 정교한 디자인을 보이는 조각보이다. 이 조각보에는 일정한 크기의 원이 똑같은 크기의 겹친 부분을 네 군

데 만들도록 서로 겹쳐져 있는데, 그 결과 보자기 전체는 네 개의 꽃잎이 달린 꽃무리처럼 보이기도 하고 여의주가 겹쳐져 도열해 있는 것 같아 보이기도 한다. 이러한 패턴의 조각보는 두 종류의 천으로 꽃잎 부분과 그 밖의 공간을 층지게 꾸밈으로써 부조 같은 효과를 거두고 있어서 독특한 매력이 있다.

그러나 구성미가 특히 빼어난 조각보는 조각천들이 위같이 눈에 띄는 일정한 패턴을 형성하

고전문 상보 53cm×53cm, 19C

지 않고 자유롭게 결합된 것이 오히려 더 많다. 크기와 모양과 색상이 각양각색인 수십 개의 천 조각이 산만한 느낌 없이 전체 속에 질서 있게 자리하고 있는 것이 특징이다. 이것은 계산된 질서의 미보다 한층 더 높은 감추어진 고도의 미학 아래 조각 천 전체가 통어統御되어 나타난 결과이다.

조각보에서 보여지는 색채미

조각보에서 보여지는 색채는 전반적으로 한국적인 색채를 나타내고 있는데, 적赤·청靑·황黃·백白·흑黑의 오방색五方色을 중심으로 구성되어 있으며 그 중 적색과 청색의 사용이 가장 많고, 다음이 황색과 백색이며 흑색의 사용빈도가 가장 낮다. 모시나 무명에서는 무채색의 단색조가 많이 보이나 견직물과 모시에서는 화려한 색조와 다양한 파스텔조의 색을 볼 수 있다. 전체적으로 눈에

띠는 규칙성을 찾을 수 없는 패턴의 보자기일지라도 테두리 한 줄 정도는 같은 색으로 처리하고 있다. 2차색·3차색의 간색이 많이 쓰인 보자기는 색상이 다채롭다. 그 색상의 조화가 훌륭한 보자기일수록 전체 색조에 통일성이 있어, 엷은 파스텔조의 차분한 색상을 주로 사용한 사사 조각보들은 색상의 뉘앙스를 잘 살리면서 전체적으로 변화와 긴장미를 잃지 않고 있어 당시의 염직 수준이 극히 높았음을 알 수 있다.

　　모시 조각보의 경우 단색조에 가까운 것이 많다. 동일계열의 색상을 농담濃淡과 크기만 달리한 것 같은 조각들로 이루어져 있다. 특출한 색상 배합이 만들어 낸 또 다른 작품으로 청홍을 주조로 한 모시 조각보를 들 수 있는데, 빨강, 파랑의 원색을 주조 색으로 대담하게 사용하고 색면 분할의 세련미와

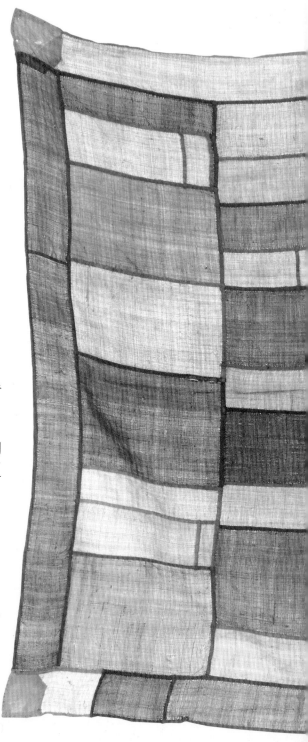

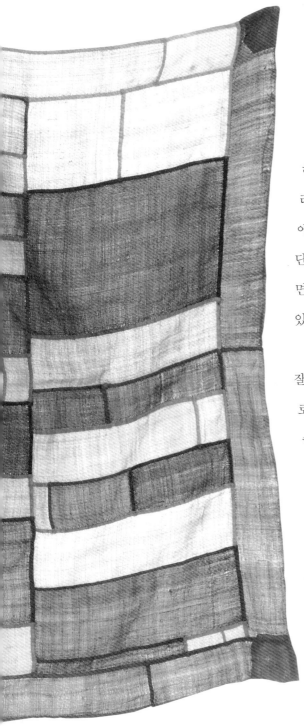

홍색 조각보 58cm×58cm, 19C

전체적인 조화는 몬드리안의 추상회화를 연상시키며 현대적인 예술 감각을 강렬하게 느끼게 한다.

이렇듯 조각보는 의복을 제작하고 남은 천을 활용하여 만든 것이라 색 사용의 한계에도 불구하고 원색에서부터 무채색에 이르는 색 사용과 단순하면서도 짜임새 있는 기하학적인 면 구성, 세련된 색채 조화를 엿볼 수 있다.

버려질 운명이던 가지각색의 보잘 것 없는 조각을 모아 하나의 작품으로 통합할 줄 알았던 선조들의 능숙한 솜씨와 탁월한 미적 감각이 오늘날의 조각보를 한국생활조형의 독창성, 우수성, 현대성을 내세울 수 있는 독창적인 예술 개념으로 탄생 시켰다. 조각보의 이러한 미적인 아름다운 부분과 더불어 우리가 놓치지 많아야 할 것은 자원에 대한 절약정신이다. 한 조각의 천도 귀했던 시절에 버려지는 자투리지만 이것을 생명력 있는 물건으로 재탄생 시킨 우리 선조들의 창의성과 통찰력은 분명 깊이 본받아야 할 것이다.

또한 해외를 무대로 창작 활동을 하는 예술가들도 자신의 작품 세계가 전통문화에 맥이 닿아 있음을 떳떳하고 정직하게 밝힐 수 있어야 한다. 과거를 자양분으로 하지 않은 창작이란 있을 수 없는 만큼 그것은 부끄러운 일이 아니며, 우리의 문화를 현대적 의미와 결부시켜 세계화하는 데 큰 힘이 된다.

꿈을 담은 보자기

모란문 수보 37cm×36cm, 19C

수보의 용도와 문양

수보는 조각보와 함께 유품이 많이 전해지는 대표적인 보자기다. 현재까지 발견된 수보는 대개가 강릉을 중심으로 한 관동지방에서 나온 것으로, 현재로서는 이 수보들을 관동 지방의 토착적인 자생문화의 산물로 보고 있다.

수보는 주로 혼례 등의 길사吉事에만 쓰였다. 수보의 바탕천은 면직물이고 안감은 명주를 많이 썼는데, 이것은 주로 견직물과 견사로 제작된 여타 자수품과 수보의 다른 점이다.

수보의 문양으로는 나무, 꽃 문양이 가장 많고 이에 곁들여 학·봉황·공작 등의 서조와 나비, 풀벌레, 각종 잡새들이 시문施文되어 있다. 수보 문양 가운데 가장 빈번히 사용된 것은 나무인 바, 나무는 한국인에 있어서 특별히 신성시 된 자연물 가운데 하나로, 길사에 쓰이는 보자기에 영험 있다고 믿어지는 자연물이 많이 수놓인 것은 당연한 일이라 하겠다. 이밖에 꽃은 복을, 열매는 다산, 특히 다남多男을 상징하는 문양으로, 전체적으로 보아 수보의 문양은 복락기원福樂祈願의 의미를 내포하고 있음을 알 수 있다. 이 외에도 수, 복 따위 문자문文字文도 보자기 중심부나 가장자리에 다른 문양과 어울려 수 놓여 있는 경우가 많다.

문양의 표현양상은 대체로 비사실적이다. 수화문의 경우를 예를 들면 꽃송이를 각 색실로 된 동심원으로 표현하거나 몇 개의 색반色班을 병치시켜 나타내거나 하였다. 특히 나무줄기와 가지는 각 색실을 나란히 병렬시켜 줄기와 가지를 암시하는 정도로 도식화했다. 줄기나 가지 끝에 달린 꽃이나 새, 풀벌레 등도 그 형태가

뚜렷하지 않고 새로도 보일 수 있고, 꽃으로도 보일 수 있도록 다중의 상像으로
표현되어 있다.

다시 말해서 수보의 문양은 자연에서 도출된 것이지만 일단 추상화 단계
를 거쳐 세세한 부분을 사상捨象하고 그 자연물의 이미지를 전달하는 데 필요한
최소한의 요소만을 남겨 놓았다. 즉 절약된 생물형태적인 선線을 가지고 전체적
으로 풍요로워 보이도록 구사했다는 점에서 그 특징을 찾을 수 있는 것이다.

이상 살펴 본 바에 의해 조각보와 수보는 하나의 생활소품이면서 예술적
평가의 대상으로서도 부족함이 없음을 알 수 있다.

『crart』(2001. 11)에서, 허동화

꿈을 담은 보자기

한국의 축복,
조각보

2015년 호암상 예술상은 보따리작가 김수자가 수상했다. 그는 2013년 베니스 비엔날레에서 보따리 시리즈를 출품해서 세계의 주목을 받은 작가다. 아니 보따리가 무슨 예술이며 세계적인 관심사냐고 반문할 수 있지만, 김수자는 '보따리Bottari'라는 말을 세계 미술에 각인시켰을 만큼 세계화에 성공했다. 보따리를 풀었을 때는 정착과 안식을, 꽁꽁 묶었을 때는 떠남과 이동을 의미하는 상징 언어가 된다. 일상적인 용품에 불과한 보따리를 예술로 표현하려고 한 발상 자체가 놀랍다. 그의 보따리는 허동화 선생이 뿌린 씨앗이 맺은 달콤한 열매다.

황해도 굿을 할 때, 무당이 보따리 하나를 가뿐하게 들고 온다. 굿당이 따로 있는 게 아니라 굿을 필요로 하는 곳에 보따리를 푼다. 보따리 안에는 무신도 몇 십 점이 차곡차곡 개어져 있다. 현장에서 구한 대나무 장대를 세우고 끈을 매어 무신도들을 연결해 걸어놓으면, 순간 커다란 무신도 만다라가 펼쳐진 굿당이 되는 것이다. 아마 이처럼 가변적이고 이동이 용이한 굿당은 세계 어느

화문 자수보 41cm×41cm, 19C

나라에도 없을 것이다. 그것을 가능 케 한 것이 바로 보따리다. 조그만 마 술모자에서 화려한 천을 줄줄이 꺼 내고 비둘기를 날리는 것처럼, 보따 리는 의외로 많은 것들을 품고 있다.

우리에게 흔하디흔한 것이 보 따리이지만, 조각보와 자수보자기와 같 이 허동화 선생이 모은 보따리는 세계인을 깜짝 놀라게 한 예술로 부상했다. 조 각보는 일부로 천을 잘라 아름답게 꾸민 것이 아니라 옷을 만들다 남은 자투 리 천 조각을 이어 만든 것이다. 애당초 훌륭한 예술품을 만들려는 의도는 아 예 없고 단지 버리기 아까워 재활용한 것인데, 오히려 그러한 순수함과 자연스 러움이 우리의 마음을 움직이는 것이다.

전라도에는 부유한 집안이 많아 비단옷이 흔했다. 그러다 보니 옷을 지으 면서 남은 비단 조각들이 흔했다. 이것들은 정성껏 연결하여 아름다운 조각보 를 만들었다. 그런데 조각보의 천 조각들은 가족이었다. 남편의 두루마리 조각, 아들의 바지 조각, 딸의 저고리 조각 등 사랑하는 가족이 저절로 떠오르는 '가 족사진'인 것이다. 모든 것이 자기를 위한 것이 아니라 가족을 위한 것이다. 자 기를 희생하고, 가족을 위해 봉사하며, 거기에 시적이고 문학적으로 가꾸었다. 가족을 생각하는 여인은 조각들 하나하나 잇는 손끝에 사랑과 정성이 깃들 수 밖에 없다. 그야말로 조각보는 사랑의 예술이다.

꿈을 담은 보자기

강화도에는 모시 산업이 발달했다. 모시조각보가 강화도에서 많이 나오는 이유는 그 때문이다. 어느 날 허동화 선생은 강화도 할머니에게 "뭘 생각하면서 만드십니까?"라고 물었다. 할머니는 "우리 강화도 지도잖아."라고 대답했다. 그러고 보니 모시조각보는 강화의 논과 밭으로 구성된 '강화지도'였다.

사랑과 자연 속에서 우러난 생활용품은 아이디어와 개념 속에서 작위적으로 만드는 예술보다 우리의 가슴 깊숙한 곳을 울린다. 따뜻하고 애틋하고 끈끈하고 훈훈하게 마음을 움직이게 하는 세계다. 그만큼 예술에서는 사랑과 믿음과 자연만큼 중요한 키워드가 없다는 사실을 깨닫게 한다. 이것이 진정 휴머니즘의 예술인 것이다. 허동화 선생은 이러한 조각보 문화를 '한국의 축복'이라 했다.

🌸 정병모

끊임없는 조각보 사랑

"항상 곁에 흔하게 있을 때는 소중한 줄 모르죠. 우리네 조각보를 보며 그런 생각을 했습니다. 1960년대 중반, 우연히 외국인들이 전통 자수와 조각보를 대량 반출하는 모습을 보았습니다. 그 모습을 보고 우리 것을 지켜야겠다는 생각에 하나둘 모으기 시작했고 어느새 3천여 점이 넘는 작품을 수집해 작은 박물관을 열게 되었습니다."

한국자수박물관의 허동화 관장은 1960년대 무렵 한국전력공사에서 상무와 간사까지 지냈다. 그러던 어느 날 운명의 힘에 이끌리듯 방문했던 인사동에서 자수가 놓여 있는 화조 병풍을 보고 그 매력에 푹 빠지게 되었다. 우연히 이 아름다운 작품들이 외국인들의 눈에 먼저 띄어 헐값에 팔리고 있다는 것을 알고 이를 안타까워했던 그는 과감히 직장 생활을 접었다. 그가 그간 모아온 돈으로 우리네 자수와 조각보를 수집하기 시작한 것은 누군가의 강요에 의한 것도, 누군가에게 뽐내려는 것도 아니었다. 단순히 사라져 가는 우리 문화를 지키고 싶은 마음뿐이었다.

조각상보
61cm×63cm, 19C

"40여 년 동안 작품을 모으면서 어려움도 있었지만, 먹고살기 힘들어 하찮게 여겨졌던 것들이 여유로워진 삶과 함께 값어치를 얻기 시작한 요즘 작품을 보러 오는 모습을 보면 얼마나 뿌듯한지 모릅니다. 특히 갖가지 조각을 이어 오색이 어우러져 있지만 요란하지 않고 예술적인 느낌을 주는 조각보는 보는 사람마다 탄성을 자아내는 작품입니다. 옛날에는 주로 무언가를 싸는 역할만 한 조각보이지만 요즘 같은 때는 그 값어치가 높아져 싸는 용도로만 활용하기보다 집 안 곳곳에 장식적인 역할을 해내고 있지요. 박물관에도 한 땀 한 땀 정성으로 이어진 천 조각들이 하나하나 잘 보이도록 액자처럼 걸어두었는데 외국인들은 이것이 원래 그림같이 벽에 걸어두는 용도로 제작된 것인지 물어봅니다. 그만큼 그저 물건을 싸는 보자기라고 단정하기엔 너무나 아름다운 예술 작품으로 보인다는 것이지요. 늘 보던 것이라고 흔한 것, 값어치 없는 것으로 치부하지 말고 한국 사람들은 우리 것에 더 관심을 가질 필요가 있다고 생각합니다."

우리는 가까이 있을 때는 모르고, 우리의 것이라도 흔히 '서양물'을 먹고 다시 들어올 때서야 소중하고 가치 있는 것으로 생각하는 경우가 많은 것 같다는 허동화 관장. 지금 우리가 해야 할 일은 우리의 문화를 주체자인 우리가 먼저 철저히 알고자 노력하는 것이라며 더 이상 소중한 문화를 빼앗기지 말고, 잘 지켜야 한다고 당부한다.

우리의 조각보를 보고 흔히 몬드리안의 작품이 떠오른다고 하지만 조각보는 몬드리안의 작품보다 1백 년을 앞서 만들어지고 있었던 것이다. 실제로 독일의 린덴국립민속학박물관 관장인 피터 틸레는 20세기 미술을 본질적으로 발전시키는 역할을 한 몬드리안이 한국의 색채 구성을 본 적이 있었을까 하는 의문을 가졌다고도 한다. 직선을 사용한 힘차고 간결한 구성적 표현을 통해 여

사진: 중앙일보 제공

러 대상들을 평면 위에 다양한 색상의 어울림으로 완성하며 조형에의 강한 의
지를 보였던 칸딘스키의 작품 역시 마찬가지다.

　"한국의 보자기가 몬드리안이나 클레, 칸딘스키의 그림과 닮았다는 말에
감격할 것이 아니라 그들의 그림이 한국 조각보와 닮았음을 유도할 수 있도록
우리의 주체성을 확립해야 합니다. 또 해외를 무대로 창작활동을 하는 예술가
들도 자신의 작품 세계에 대한 평가를 개인의 독창성에만 국한시켜 연연할 것
이 아니라 자신의 작품 세계가 전통문화에 맥이 닿아 있음을 떳떳하고 정직하
게 밝힐 수 있어야 합니다. 과거를 자양분으로 하지 않은 창작이란 있을 수 없
는 만큼 그것은 부끄러운 일이 아니며, 우리의 문화를 현대적 의미와 결부시켜
세계화하는 데 큰 힘이 됩니다."

허동화 관장은 지난 40여 년간 미국, 독일, 프랑스, 이탈리아, 영국, 벨기에, 호주, 일본 등에 소재한 국·공립박물관에서 기획 전시를 가졌고, 우리나라 문화의 우수성에 감탄하는 외국인들의 반응을 볼 때마다 느꼈던 자긍심으로 더욱 우리 문화를 알릴 수 있는 힘을 얻을 수 있었다고 한다.

"40여 년 동안의 전시를 통해 약 7백만 명에게 우리 문화를 직접 보여줄 기회를 가졌던 것 같습니다. 하지만 그 파급 효과는 몇십 배 이상이 될 것이라고 생각합니다. 우선 우리부터 전통적인 것이란 오래된 것, 낡은 것, 무겁고 중후한 것이라는 편견을 버리고 충분히 모던할 수도, 유니크할 수도 있다는 생각으로 관심을 가지다 보면 더 넓은 세계 속에서 인정을 받을 수 있을 것이라 생각합니다."

그간 수집한 조각보의 패턴을 보고 직접 그림을 그려 액자화하는 일, 한국도자기와 함께 그가 가진 조각보 패턴에 프린팅해 조각보를 상품화하는 일, 꾸준히 도록을 편찬하는 일, 각종 해외전시와 국내 전시 기획 등, 조각보를 널리 알리기 위해 지금까지 해온 노력보다 앞으로 할 일이 더 많이 남아있는 것 같다는 허동화 관장. 그의 열정을 느끼고 있노라니 예전에는 하찮게 여겼고, 요즘은 값비싸다는 이유로 관심을 가지지 않았던 조각보를, 더 나아가 우리의 전통 작품을 눈여겨보는 계기가 된 것 같다. 또 전통 작품이라고 고이 접어 간직하기보다 우리네 생활공간 곳곳에 장식 소품으로 두고 자주 보고 활용하다 보면 자연스럽게 우리네 것을 더 널리 알릴 수 있을 것이라는 허동화 관장의 권유에도 귀 기울여볼 참이다.

『CASA LIVING』(2008)에서, 최세진

꿈을 담은 보자기

오색 빛깔로 수놓은 우주나무

허동화 컬렉션 가운데 내가 좋아하는 자수가 있다. 바로 〈자수나무보자기〉다. 기하학적으로 구성된 나뭇가지 위에 노랗고 빨갛고 파란 오색 빛깔의 나뭇잎이 수놓아져 있다. 그것도 초승달 모양이다. 디자인처럼 정연한 배열도 흥미로운데, 초승달 모양에 올긋불긋한 표현까지. 그 이유가 궁금했다. 그 의문은 허동화 선생의 강연을 통해서 풀렸다. 10여 년 전 경주대학교에서 자수와 보자기의 아름다움에 대해 강연하셨을 때, 자수나무보자기를 보여주면서 '주머니 노래'라는 민요를 읊으셨다.

> 숲에 숲에 영당 숲에 / 뿌리 없는 나무 섰네
>
> 그 끝에라 여는 열매 / 해도 열고 달도 열고
>
> 가지 벌려 열 두가지 / 잎은 피어 삼백이요
>
> 해는 따서 줌치 집고 / 달은 따서 안을 받쳐
>
> 상별 따서 상침 놓고 / 중별 따서 중침 놓고
>
> 무지 동대 끈을 달아 / 무지개로 선을 둘러

서울이라 동백남에 / 연 듯이라 걸어놓고

그 줌치를 뉘지었노 / 그 줌치를 잘 지었네

해가운데 해바라기 / 달가운데 달바라기

오색 빛깔로 수놓은 우주나무

화목花木 수보자기 29.5cm×29.5cm, 19C

우리 여인의 상상력은 우주를 꿈꾸고 있다. 줌치, 즉 주머니에 수놓은 나무는 여느 나무가 아니라 우주 나무다. 해도 열고, 달도 열고, 별도 여는 나무다. 우리 여인들은 현실에 안주하지 않고 우주의 이상을 꿈꿨다. 이러한 꿈 이면에는 남녀차별이 엄격한 조선시대의 사회상이 자리 잡고 있다. 그들의 시선이 우주를 향한 까닭은 팍팍하고 녹록지 않은 현실을 극복하기 위한 자기암시였다. 남녀차별에 대한 울분을 자수로서 승화시켰다. 자수의 밝고 화려한 이미지는 울분과 불우함을 지우기 위한 방편인 것이다.

또 하나 멋진 자수보자기가 있다. 파란 색의 테두리 가운데 중심을 잡은 붉은 바탕 위에 울긋불긋한 화조세계가 펼쳐져 있다. 파란색과 붉은 색의 대비와 조화는 화면에 생기를 불어넣는다. 그 안에 펼쳐진 꽃, 나무, 새, 나비들은 영락없는 꿈의 정원이다. 자연물의 윤곽만을 살린채 그 안을 오색 빛깔의 색띠로 꾸미니, 구상을 넘어 환상의 세계로 치닫는 것이다. 오색무지개가 환상을 불러일으키는 작용을 한다. 어찌 색채 구성의 매직이라 찬탄하지 않을 수 있겠는가. 여기서 우리가 무엇을 그렸는지를 헤아리는 일은 무의미하다. 정성껏 바늘질에 열중인 여인은 어느덧 자신도 모르는 사이에 동화 속의 주인공이 되는 것이다.

〈베틀가〉를 보면 시어머니의 잔소리와 힘겨운 노동을 가상의 이상으로 설정하여 이겨나갔다. 자신의 캐릭터를 용궁의 선녀, 그것도 절세미인 양귀비의 분신으로 설정한다.

다만 운이 나빠서 잠시 이 세상에 귀양 온 것일 뿐이라는 체념과 달관으로 어려운 현실을

꿈을 담은 보자기

미화하고 있다. 그러니 아무리 시어머니가 등 뒤에서 잔소리 하고 길쌈의 노동이 고되다 하더라도 아무 상관이 없다는 식의 자기합리화다. 결국 우주라는 환상력을 통해서 현실을 이겨냈으니, 우리 여인들의 지혜로운 선택이라 아니할 수 없다.

허동화 선생은 자수와 보자기에서 우리 여인들의 긍정적인 인생관을 보았다. 한동안 우리 사회를 휩쓸었던 전통의 부정적 인식 때문에 자수와 보자기 문화를 '눈물의 씨앗'으로 인식했다. 하지만 외국인들은 어떻게 그처럼 희망도 없는 어둠 속에서 이렇게 밝고 아름다운 것을 만들 수 있냐고 의문을 제기했다. 이러한 문제는 민화에서도 똑같이 제기된다. 역사적으로 가장 어려웠던 시기인 조선 말기와 일제강점기 때 그토록 밝고 명랑한 민화가 제작되는 현상에 대해 나의 '밸런스Balance 이론'으로 풀어보았다. 평화 시 비극이 발달하고 전쟁 시 희극이 발달하듯이, 시대적 고통과 어려움을 정반대의 정서로 이겨나가려고 한 민간인의 낙관적 사고방식이 낳은 산물이라고 본 것이다.

슬픔이 빚어낸 아름다움이지만, 그 속에는 그늘이나 어둠이 전혀 보이지 않는다. 허동화 선생은 이를 두고 '눈물의 씨앗'이 아니라 '기쁨의 씨앗'이라고 했다.

🌸 정병모

보자기,
모든 것을 보듬다

귀한 것은 품위있게, 초라한 건 덮어주고, 소중한 건 고이고이
"여성의 예술성 응집... 싸개에서 작품으로"
예술적 가치, 해외서 먼저 인정

보자기는 밥상 덮고 이불이나 싸는 흔하디 흔한 것으로 가벼이 여기던 시절이 있었다. 하지만 이 보자기에서 조선 여인의 솜씨와 미적 감각을 발견한 사람이 있으니 바로 한국자수박물관 설립자인 허동화 관장이다. 규방 문화에 주목한 그는 지난 50여 년 간 1000여 점의 보자기를 수집했고 관련 책자도 내놓았다.

서울 강남구 논현동의 한국자수박물관에서 만난 허 관장은 노구에도 불구하고 또렷하고 힘찬 목소리로 우리 보자기에 관한 해박한 지식을 풀어냈다.

"실을 잣는 도구가 발견되는 청동기시대부터 보자기를 만들어 썼던 것으로 추정돼요. 우리 전통 옷엔 주머니가 없어 별도의 주머니를 만들어 허리에 찼고, 부피가 큰 옷감 등은 보자기에 싸서 운반했기 때문이죠."

그가 강조
하는 우리 보자기
의 특징은 긴 세월
만큼이나 다양한 보
자기가 있다는 것. 만드
는 방식에 따라 자수를
놓은 수보, 물감으로 십장
생 등을 묘사한 그림보, 남
는 천을 이은 조각보 등으로
구분된다.

　"수보는 관동지방에서 많이
만들었어요. 해가 일찍 떨어지는 산
간지방에선 아낙네들이 보자기에 수놓
으며 소일을 했겠죠. 나무와 새 등의 문
양이 정교하고 아름다운데 유교사회에서
펼치기 어려웠던 여성들의 예술성이
보자기를 통해 분출된 것이죠."

명주조각보 74cm×75cm, 19C

　상을 덮는 상보, 예단을 싸는 혼수보, 옷보와 이불보 등 보자기가 무엇을
품느냐에 따라서도 이름이 다양하다. 혼수보에는 술(장식실)을 달고 금전지(금
박종이)를 덧대 화려함을 더했다.

밥상보자기 49cm× 49cm, 19C

　　재료에 따라서는 비단보·모시보·면보 등으로 나뉘는데, 이 중 비단보는
호남지방에서 주로 발견된다. 드넓은 평야를 바탕으로 물자가 풍부해서다. 보
자기의 귀퉁이에 끈이 달린 것도 우리 보자기의 특징. 취향이나 묶는 방법에
따라 끈의 수는 1~4개까지 다양하다.

　　여러 보자기 중 사람들의 눈길을 사로잡는 것은 단연 조각보다. 일본과
터키 등 다른 나라에도 보자기는 있지만 조각보는 한국에만 있다.

"옷감은 직사각형이고 한복은 곡선의 미를 추구하니 자연히 자투리 옷감이 남았겠죠. 옛 사람들이 이를 활용할 방법을 궁리하다가 조각보를 만들었어요."

이러한 우리 보자기의 예술적 가치는 해외에서 먼저 인정받았다. 색색의 천이 절묘하게 이어지고 기하학 문양의 수가 놓인 보자기가 서양사람 눈에는 추상미술 작품으로 비친 것.

허 관장은 "국내에도 보자기에 주목하는 예술가들이 늘고 있지만 아직은 관심이 부족하다"며 "우리 보자기뿐만 아니라 한국 전통문화의 가치를 소중히 여기는 사람들이 늘기를 바란다."고 말했다.

『농민신문』(2015. 2)에서, 강건우

보자기 모든 것을 보듬다

3

세계를 감동시킨
규방문화

이웃집 다듬잇소리
밤이 깊으면 깊을수록 더 잦아 가네
무던히 졸리기도 하련만
닭이 울어도 그대로 그치지 않네
의좋은 동서끼리
오는 날의 집안일을 재미있게 이야기하며
남편들의 겨울 옷 정성껏 짓는다며는
몸이 가쁜들 오죽이나 마음이 기쁘랴마는
혹시나 어려운 살림살이
저 입은 옷은 헤어졌거나 헐벗거나
하기 싫은 품팔이 남의 비단 옷을
밤새껏 다듬지나 아니 하는가

다듬잇소리 / 양주동

자수 붐을 일으킨
첫 전시회

눈 위에 난 첫 발자국을 보고 갈 길을 상상할 수 있 듯, 첫 전시회는 나의 인생 후반을 여는 서막이기도 했다. 무엇보다 설랬고, 심혈을 기울인 만큼 보람 도 컸다.

첫 전시회 제목은 '박영숙 수집 전통 자수 오백년전'으로 1978년 6월에서 8월까지 3개월 동안 한국일보 후원으로 국립중앙박물관에서 열렸다. 전에도 그랬고 지금도 그렇지만 개인 컬렉션이 국립중앙박물관에서 전시되는 일은 드 물었다. 당시만 해도 '이병철 수집 청자전'과 '박영숙 수집 전통자수 오백 년 전' 둘 뿐이었다. 이 전시회를 관람한 인원은 무려 15만 명이 넘었다.

1975년경이었다. 교분이 두터웠던 원자력연구소의 김용익 박사가 당시 국 립중앙박물관의 학예연구실장인 한병삼 씨를 만난 자리에 나가 수집한 자수 품에 대한 자랑을 한껏 늘어놓았다고 했다. 자기 일에 촉각이 열린 사람은 기 회 포착에 민첩하다. 혹한 한병삼 씨가 수집품을 한번 보여 달라고 보채는 바람에 김 박사는 아예 약조까지 하고 말았다.

당시 나는 소품보다는 주로 자수 병풍 같은 대작만 수집 했는데, 자수 병풍과 포트폴리오를 준비해서 우리 집에서 만나게 되었다. 그런데 정작 한병삼씨는 보이지 않고 최순우 관장이 나타났다. 한병삼 씨는 경주 박물관 관장으로 발령이 나서 내려갔던 것이다. 원래는 그와 약속했던 터여서 못내 섭섭했지만 준비된 거라 최순우 관장에게 내보였다. 최순우 관장은 말수가 적었다. 첫눈에도 조심스럽고 사려 깊은 사람이었다.

서너 작품을 본 뒤였다. 그는 "이게 웬일이야 이게 웬일이야"를 연발하였다. 무릎을 내리치고 얼굴을 붉히며 자지러질 듯했다. 다 보기도 전에 다짜고짜 국립중앙박물관에서 특별전을 하자고 제의했다. 당혹스러웠다. 앉은 자리에서 당장 가치 판단을 하기란 쉬운 노릇이 아니다. 게다가 나에겐 경험이 없었다. 좀 더 시간을 두고 상의하여 전시회 여부를 결정하기로 했다.

2년여가 지났다. 우리는 자수전을 열기로 뜻을 모으고 당시 학예연구실 장이던 전 정양모 관장이 중심이 되어 전시를 둘러싼 여러 가지 일을 의논했다. 전시를 하려면 비용이 만만치 않다. 그래서 늘 후원자 물색에 고충스럽다. 이리 저리 둘러보고 재어 본 후에 한국일보 장기영 사장과의 친분을 믿고 넌지시 후원자가 되어달라고 청했다. 그는 "글쎄 뭐 자수 전시해서 국민 호응이 있겠느냐"며 시답잖아했다. 실망스러웠다.

며칠 후 새벽녘에 도쿄에서 국제 전화가 걸려 왔다. 장기영 사장이었다. 그는 들뜬 목청으로 자수전을 하련다고 말했다. 왜 마음이 변했는지 궁금했다. "내가 무지했소이다. 아, 한국 자수전을 연다니까 일본인 전문가가 역사적인 일이라고 놀라워합디다."

번개문 수보 36cm×36cm, 19C

좀 험한 말이지만 신문사란 입만 가지고 다니는 기관이라 후원자가 되더라도 경제적인 보탬은 그다지 크지 않다. 전시 예산으로 500만 원 정도 있어야 하기에 신문사에 그 비용을 내라고 했다. 신문사에서는 특별 요금을 받아서 전시하자며 슬그머니 꽁무니를 뺐다. 국립중앙박물관에서는 특별 요금을 받은 적이 없었지만, 특별 입장료를 받아야만 할 상황이었다. 입장료로 600만원이 들어왔다. 그런데 문제가 있었다. 국립중앙박물관 회계 처리법에 따르면 박물관 입장료는 모두 국고로 회수된다. 다행히 감사원에서는 전시 내용이 좋으니 그 전시에 입장료를 보조리 쓰라고 했다.

막상 국립중앙박물관 전시가 결정되자 할 일이 태산 같았다. 전

길상도吉祥圖 8첩 중 일부, 19C

시 일정 한 달 전에 최순우 관장한테서 급한 전갈이 왔다. 자수 병풍만으로는 일목요연하게 전통 자수를 소개할 수 없으니 복식과 소품이 더 있어야겠다는 거였다. 그런 것이라면 미리 말해야지 한 달 남기고 어떻게 준비하느냐며 난색을 보였다. 최 관장은 무리지만 해와야 한다며 소장한 사람한테라도 부탁해 보라고 궁여지책을 내놓았다. 심란하기 짝이 없었다.

기억을 뒤적여 다소 마음에 들지 않아 사들이기를 꺼렸던 자수품은 물론이고 전국에 수배령까지 내렸다. 달라는 대로 줄 터이니 자수품은 다 가져와 달라고 했다. 당시 고미술상에 있던 자수품이 앞 다투어 밀려들었다. 소품은 예상보다 많이 모였다. 한시름 놓았는가 했는데, 또 다시 최 관장한테서 연락이 왔다. 전시의 의미를 높이려면 도록을 만들어야 한다는 것이다. 아직 책을 내 본 적이 없던 나로서는 당황할 수밖에 없었다.

사진작가 이낙선 씨를 불러 여러 날 사진을 찍게 하고, 자수의 역사와 문헌을 찾고 작품 해설을 붙이며 밤을 지샜다. 도록의 완벽한 모양새를 위해서는 왕족 흉배가 있어야 하는데 그걸 구할 수 없었다. 답답했다. 문득 캐나다 대사를 지내고 공보처 장관이던 이계현 씨 자택에 놀러 갔던 일이 생각났다. 쿠션에 왕비의 흉배인 용보가 붙어 있어서 놀란 적이 있었다. 그래서 그 부인에게 국보급의 귀한 흉배라고 일러 주었고, 후에 보니 액자에 넣어 소중하게 모셔 놓았다. 도록을 만드는 내내 그 흉배가 눈앞에 어른거렸다. 빌려 달라고 할까 여러 번 망설였다.

그러던 참에 장안평 고미술상에 용보가 하나 나왔다는 소식이 들렸다. 토요일이었다. 급한 걸음으로 내달아 가보았지만 문이 닫혔고, 다음 날에도 그 집을 찾았으나 여전히 문이 닫혀 있었다. 월요일 11시쯤 느지막이 다시 찾아갔더니 주인은 생뚱맞게 웬일이냐고 물었다. 애써 태연한 척하며 근처에 볼일도 있고 해서 잠시 들렀다고 둘러댔다. 그 흉배는 훌륭했고 부르는 가격도 적절했다. 그러나 도록은 이미 발행 단계에 있어서 새로 흉배 사진을 찍고 분해하여 넣는 일이 불가능했다. 애석했다. 어떻게든 도록에 넣고 싶었다. 작품을 갖다 놓고 반사 분해를 하여 어렵사리 도록에 삽입시켰다. 300여 점의 작품을 도록에 실어 2,000여 부를 찍었는데 6개월 만에 절판되었다. 지금은 50여만 원을 호가하는 책이다. 고생한 보람으로 한국출판문화상, 저작상을 수상하기도 했다. 그 용보는 얼마 후 중요민속자료로 지정되어 나에게 뜻 깊은 수집품이 되었다.

언덕에 오르기까지가 힘든 법이다. 6월 국립중앙박물관 잔디밭에서 개관식 파티를 했다. 감격스러웠다. 개관 행사장을 둘러보는 마음은 감동으로 울렁댔다. '전시회 동안만은 국립중앙박물관을 샀구나.' 하는 생각에 가슴이 뿌듯했다. 각계 지도급 인사들이 몰려들었고 보도진과 관람객으로 북적댔다. 성대한 행사였다. 그런데 우스운 일은 안내인이 관광객 무리를 이끌고 다니며 자수를 소개하는 광경이었다. 작품마다 화조도, 경직도 등 제목을 붙여 놓았는데, 그것만 그냥 읽고 있었다. 게다가 안내인이 한국 자수라고 하는데도 관객은 훌륭한 작품일수록 혹시 중국 자수가 아니냐고 되묻곤 했다. 자수에 대해 대부분 아무런 지식도 없었던 것이다. 몰려드는 인파로 전시회는 3개월간으로 연장

세계를 감동시킨 규방문화

되었다. 행사가 끝난 뒤에도 자수에 대한 관심과 인기의 여파는 가라앉을 줄을 몰랐다. 조상이 훌륭한 작품을 남겼고 그 후예라는 사실을 확인한 것만으로도 전시 목적은 충분히 달성한 셈이다.

왕비오조룡보 21cm, 19C, 중요민속자료 제43호

이번 전시회가 사회에 파급시킨 영향력은 엄청났다. 밥 짓는 행위만큼이나 자수는 거의 모든 여성의 일거리가 되었고, 정부가 주최하는 공예 대전에서 가장 인기 있는 분야가 되었다. 여기서 대상을 탄 사람은 인간문화재 후보로 내정되어 연수를 받은 다음 정식으로 인간문화재로 지정되었다. 그런데 매년 자수 분야에서 3명이 대상을 받는 등 자수가 판을 휩쓸었다.

일본에서는 한국·일본·중국 3국의 동양자수 비교전을 열자고 제의해 왔지만 무턱대고 받아들일 수가 없었다. 이론 정립이 전혀 되어 있지 않은 처지에서 자수전을 연다면 일본 학자가 주도하게 될지 모른다는 우려 때문이었다. 그러한 선례를 익히 보아 왔다. 도자기와 민화 등 전통 공예가 대부분 용의주도한 일본 학자의 이론을 뒤따르고 있는 터였다. 하지만 자수에 대해서만은 왈가왈부하지 못했다. 물론 국립중앙박물관의 여덕餘德이지만 우리 자수의 우수성이 세계적으로 파문을 일으키는 데 돌멩이 구실을 이 전시회가 담당했던 것이다.

한 번은 최 관장에게 왜 자수전을 하자고 했느냐고 물었다. 그는 부끄러운 일인데 한국 자수가 그렇게 훌륭한지 미처 몰랐고, 더군다나 그렇게 많은

작품이 살아남았다고는 생각지 못했었다고 솔직하게 답했다. 그리고 경험담을 직접 들려주었다. 어느 미국 박물관장이 보여줄게 있다며 최순우 관장을 집으로 초대했다. 한껏 기대에 차서 갔는데 그 미국인은 양파 껍질마냥 여러 겹으로 꼼꼼하게 싼 것을 조심스럽게 벗겨 냈다. 열 번도 더 싼 듯했다. 그가 보여준 것은 불교 자수로 보이는 자수 천 조각이었다. 그런데 그 미국인은 세계 제

화조도花鳥圖 10첩 중 일부, 19C

일의 자수라며 진지함을 풀지 않았다. 최 관장은 의아했다. 미국의 박물관장이
라면 인류의 미술품을 감식하는 전문가인데 고작 자수 파편에 넋 놓는 모습이
괴이쩍었던 것이다.

"그러니 허 선생이 갖고 있는 완벽한 자수를 보았을 때 얼마나 놀라웠겠

소. 그래서 우리 국민에게도 훌륭한 우리 자수 작품을 보여주고 자긍심을 불러일으키고 싶었던 겁니다."

도대체 한국 자수의 우수성이란 무얼 두고 하는 말일까. 사실 나는 순수한 수집가로 남고 싶었다. 그리고 자수에 관한 연구는 학자들의 몫으로 돌리고 싶었다. 한 신문사의 좌담에 참석한 자리에서 그러한 소견을 말했다. 이화여대 자수과에 200여만 원의 기금을 내놓을 테니 자수학회를 만들고 전통 자수 연구에 길을 터주길 바랐다. 하지만 교수 회의에서 거부되었던 모양이다. 이화여대 자수과는 해방 이후 서구식 자수가 교과목의 중심을 이루고 가정대가 아니라 미대 산하에 생겼다. 전통 자수라기보다는 실을 이용한 일종의 섬유 예술이었다. 그러니 그때만 해도 교과목의 이론, 실기, 역사 모두가 서구 자수 일색이고 전통 자수는 황무지였다. 어설프게 받아들였다가는 고달픈 일만 생길 터였다. 숙명여대는 해방되기 전까지 기예과가 있었지만 어느 틈에 가정대에서 사라지고 없었다.

결국 독학하기로 작심했다. 그후 전통 자수에 관한 이론을 나름대로 세워 나갔다. 시간이 지나면서 점점 값진 것들이 쌓였다. 그 중에서 제일 귀한 것은 내가 훌륭한 조상의 후손이라는 사실을 새삼 확인한 것이었다.

지구에는 수많은 인종이 살고 있고, 그 수만큼 풍속과 문화도 각양각색이다. 그러나 어떤 문화에도 공통점과 특이점이 함께 어우러져 있는 법이다. 자수는 인류 공통의 문화이며, 특히 한국 자수는 자수 문화 중 가장 빼어난 것으로 평가받는다. 그런데 훌륭하다는 평가 기준은 무엇인가.

동양 자수는 단연 서양 자수보다 한 수 위다. 민족마다 좋아하는 색이 서로 다른데 중국은 청색과 홍색 같은 강렬한 색채를 좋아하고, 일본은 쥐색과 감색처럼 가라앉은 색을 즐기며, 우리는 분홍색처럼 밝은 중간색의 색감을 지녔다. 재료나 기법 면에서 공통점이 태반이지만 제각각 한두 가지 특색이 있다. 중국은 회화 지향적이고 사람으로서 도저히 해 낼 수 없는 세수 표현을 추구하였다. 그래서 실로 수를 놓았다고 믿기지 않게 실밥이나 매듭이 보이지 않는다. 이런 기법은 송대에 와서 절정을 이루었고 일본 역시 에도시대, 즉 조선 후기에 중국 자수법을 그대로 받아들여 회화 지향적인 기법에 충실했다.

그러나 우리는 이러한 경향에 동요한 적이 없었다. 우리 자수는 시각적으로 돗자리처럼 보이는 자릿수로, 내용 면에서는 이중수의 전통을 고수했다. 즉 한 땀 건너간 중간

화문 수저주머니
11cm×36.5cm, 19C

에서 다시 새 땀이 시작되어 건너가는 기법으로 실밥이나 매듭이 두드러져 보인다. 1세기 전 회화 지향적인 기법이 성행하던 시절에 삼국을 비교하면 우리는 단연 꼴찌를 면치 못했을 것이다. 그러나 20세기 후반에 들어서자 예술은 제각각 고유의 본질을 추구했다. 자수는 직물 위에 실로 문양을 수놓는 예술로 정의되었다. 자연 우리 자수가 자수의 본질과 구비 조건을 충실하게 지닌 자수다운 전통을 인정받고 전형적인 자수의 모범으로 꼽혔다.

중국 자수는 수출을 위해 궁중 자수를 모방한 제품들이 상품화되어 양산되었으나 종류가 제한되었다. 일본은 산업화가 이루어지지 않은데다가 민간에 흘러나가지 못해 중국 청대의 영향을 받은 회화 지향적인 궁중자수 일변도이다. 그러나 한국 자수의 종류는 다양하다. 특히 왕권 시대에 궁중자수가 민간에 퍼지지 못하도록 통제했지만 민간자수는 그 나름대로 여러 갈래로 발달했다. 궁중 자수는 대체로 궁중이라는 폐쇄된 공간에서 한정된 기법으로 이루어졌지만 민간 자수는 자유로워 다양한 개성을 담고 있다.

침묵에 묻히고 괄시를 받던 우리 자수가 한 전시회를 통해서 빛을 본 것은 전통 자수의 운이 좋았기 때문이라고 해야 할 것이다. 그리고 적절한 시기에 우리 전통 자수를 발굴, 소개하여 영광스런 결과를 얻었으니 나 역시 행운이다. 국가와 민족으로서도 선조가 남긴 자수로 세계적인 인정과 평가를 받아 주목을 받았으니 매우 소중한 결과이다.

허동화

까탈스런 영국인,
작은 문화에 감동하다

1984년 한영수교 100주년을 기념하는 자수전이 영국의 빅토리아 앨버트 박물관에서 2개월 동안 열렸다. 그동안 20만여 명이 우리 자수전을 보았다. 같은 시기에 대영박물관에서는 '한국미술 오천년전'이 열리고 있었다. 우리 문화가 유럽에 소개되는 뜻깊은 자리였다.

정부가 주관한 '한국미술 오천년 전' 개관 행사에 참석한 이진희 장관이 빅토리아 앨버트 박물관에도 오겠다는 연락이 있었고, 박물관장이 직접 영접했으면 좋겠다고 했다. 하지만 장관 일행이 약속 시간까지 나타나지 않자 관장이 자기 약속 장소로 그냥 가 버리는 바람에 유쾌하지 못한 자리가 되고 말았다. 아무튼 전시

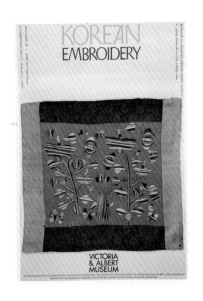

관을 둘러보는 장관에게 그동안 보고 느낀 것을 토대로 한 가지 제안을 했다. 유럽의 유명한 박물관마다 일본인 학예사가 있는데 한국 담당 학예사는 한 명도 없었다. 따라서 한국 담당 학예사를 한국에 연수시키는 일이라도 시급히 이루어져야 했다. 마침 한양대박물관의 김병모 전 과장이 옥스퍼드 대학 출신인 미스터 얼을 한국에 연수시키는 일부터 시작하자는 의견이 오갔다. 이렇게 해서 한국 담당 학예사를 초청하여 한국을 이해시키는 작업이 이루어졌다.

영국에 가기 6개월 전에 영국 자수계를 시찰할 수 있도록 해 달라는 뜻을 영국 문화원에 비쳤다. 영국 문화원의 윤여익 학예관이 꼼꼼하게 중, 고등학교, 전문대학, 대학원, 박사과정까지 한 달간의 스케줄을 짜 주었다. 그런데 하필 대학을 시찰

하기로 된 시각에 이진희 장관이 오게 되었다. 하는 수 없이 대학 측에 양해를 구해 날짜를 연기해 달라고 했더니, 대답이 아주 거칠었다. 선약대로 해야지 무슨 소리냐며 대뜸 거절했다. 하지만 장관 안내 때문에 갈 수가 없었고, 며칠 후 한가해졌을 때 전화를 해서 우리 식대로 다시 가겠다고 부탁했다. 하지만 대학 측에서는 학생들이 당신을 위해 기다렸고, 더군다나 선약을 먼저 지켜야지 그게 무슨 경우냐며 냉정하게 거절했다. 뒷맛이 안 좋았다. 결국 그곳 대학 자수과 시찰은 무산되었다. 공적인 일에 칼날처럼 매서운 영국인의 일면을 직접 겪은 경우였다.

그 뒤로도 종종 그 생각이 날 때마다 선약을 지키는 것과 장관을 영접하는 일 중에서 어느 일이 중요하고 먼저 이행해야 하는지 쉽게 결론을 내리지 못했다. 어찌 보면 영국인의 철두철미한 태도가 마음에 들다가도 우리 식대로 인정을 중시하는 것이 자연스럽게 여겨지기도 했다. 사람은 저마다 풍토에 맞게 살아가게 되어있다. 문제는 우리 울타리 안에서는 우리 식대로 밀고 나가야 시끄럽지 않지만, 다른 문화와 부딪칠 때면 옥신각신하는 혼란이 찾아온다는 점이다.

영국인은 까탈스럽다. 미스터 얼과의 일만 해도 그랬다. 전시회로 수고를 아끼지 않는 그가 고맙고 매일 만나다 보니 친해지기도 했다. 점심을 사겠다고 해보았으나 번번이 약속이 있다며 거절했다. 그런데 딱히 약속이 있는 것 같지도 않았다. 박물관 안을 빈둥빈둥 다니는 그를 보면서 내심 나를 못마땅하게 여기나 보다고 생각했다. 그런데 알고 보니 영국 사람들은 약속을 열흘 전에 해야 된다는 게 아닌가. 좀 어처구니 없지만 그들의 관습이니 어쩔 수 없는 노릇이었다. 우리 식대로 하면 그날 점심을 함께 하자고 하면 약속을 기억하지 않아도 되니까 좋고, 또 사정이 있으면 거절하기도 좋다. 그가 서울로 연수왔을 때

까탈스런 영국인, 작은 문화에 감동하다

비로소 김병모 관장과 함께 셋이서 점심 식사를 하게 되었다. 까다롭고 정직하고 정확한 것은 좋지만 친해지기는 힘든 민족이다.

빅토리아 앨버트 박물관은 의상과 염직물을 많이 소장한 특색 있는 박물관이다. 당시 이찬용 공보관한테서 훗날 들은 얘기인데, 이찬용 씨는 자수전도 대영박물관 수준의 박물관에서 해야 된다고 주장하고 영국 측에 끈질기게 접촉했단다. 하도 조르니까 그 박물관에서 책자를 하나 내보이며 이쯤 되는 작품 수준이냐고 묻더란다. 놀랍게도 그 책은 『한국의 고자수』였다. 1982년 일본에서 출판한 자수박물관 소장품 책이었다. 그는 "바로 이거"라며 그 책을 낸 박물관이라고 대답했다. 결국 그토록 어렵던 교섭이 당장 이루어졌다고 했다. 정말 보람 있는 일이었다.

어느 박물관이나 마찬가지지만 전시가 실패하면 도의적인 책임을 지고 관장 자리를 내놓는 관례가 있기 때문

세계를 감동시킨 규방문화

에 전시 여부를 판단하는 일은 어렵고 심각하다. 그러므로 자수전의 성공은 더욱 의미가 깊었다.

그때부터 빅토리아 앨버트 박물관이 우리 자수와 보자기에 관심을 보였고 그 박물관장과 친해졌다. 하루는 관장이 시간이 좋은 날 자기네 박물관이 소장하고 있는 것 중에서 한국 자수를 감정해달라는 제의를 해왔다. 얼마나 좋은 일인가. 몹시 보고 싶었기에 그 제의를 선뜻 받아들였다. 약속한 날에 가 보니 커다란 탁자에 자수품이 잔뜩 쌓여 있었다. 한 점 한 점 종이에 조심스럽게 싸여 있었다. 종이를 벗길 때마다 어찌나 마음이 두근거렸는지 모른다. 병풍, 수저집, 후수, 흉배…. 놀라웠다. 언제 수집되었나 카드를 살펴보았더니 대부분 1900년 초였다. 100년을 내다보고 그 많은 것을 모았던 것이다. 우리 것이 국내에서 홀대받으며 버려지는 동안, 이 먼 나라에서는 소중하게 한 자리에 모이고 있었다니 감동적이었다. 용도, 제작, 연대 등을 일일이 말해주었다.

그런데 중국 자수도 상당수 끼여 있었다. 아마 그동안 우리 자수가 중국 자수로 분류되어 있었던 듯했다. 좋은 것은 무조건 중국 자수로 생각한 게 분명했다.

한국 자수가 그 박물관에서 전시되니까 몇 달 동안 자료집을 참고로 한국 자수로 보이는 것을 골라낸 것이다. 자존심이 강한 영국인답게 약점을 잡히지 않으려고 애쓴 티가 역력했다. 한국 자수가 중국 자수로 분류되어 있다가 이 정도가 나왔다면 창고에는 중국 자수로 분류되어 있는 한국 자수가 아직도 많을 거라는 생각이 들었다. 그 자수품이 우리 자수로 빛을 보려면 또 얼마의 세월이 흘러야 할지….

일요일에 교외에 있는 한인 교회로 예배드리러 갈 때였다. 지하철을 타고 갔는데 역마다 여러 장의 자수전 포스터가 붙어 있었다. 순간 울컥 목이 맺다. 글로는 그 감동을 도저히 다 전하지 못하겠다. 남다른 감회와 여러 의미가 뒤범벅된 탓이다. 고생한 보람을 찾은 감회, 이렇듯 한국 자수가 유럽을 당당하게 누비고 있다는 경이로움, 홀대받던 옛 여인의 예술품에 대한 자랑스러움 등등.

영국인의 홍보 전략은 빈틈이 없었다. 그렇게 많은 관객이 왔다는 사실이 놀라울 정도였다. 또 시찰 간 학교에서는 많은 학생이 자수하는 모습을 보여 주었다. 미안하고 감사한 생각이 들었다. 그런데 거의 끝나 갈 무렵에야 그들의 속마음을 알았다. 공짜가 아니었다.

까탈스런 영국인, 작은 문화에 감동하다

궁중십장생 안경주머니 6.5cm×16cm, 19C

나를 통해서 그들이 얻는 것이 있었다. 학생들은 숱하게 질문을 해댔고, 그 많은 질문에 상세히 설명해 주어야 했다. 그들은 한국 자수에 대한 지식을 몽땅 털어놓게 만들었다. 또 한편에서는 그 시간에 오가는 말이 낱낱이 기록되고 있었다.

　　그 성공적인 전시가 끝나고, 캠브리지와 옥스퍼드 대학박물관에서도 우리 전통 보자기 전시회가 열렸는데 두 번 다 상주인구의 15%의 인원이 관람하는 성과를 올렸다.

🌸 허동화

세계를 감동시킨 규방문화

잊을 수 없는
파리 전시

1984년 6월과 7월 두 달간 파리 주재 한국 문화원에서 자수전을 개최했다. 한독 수교 100주년과 한영 수교 100주년 기념전을 한 뒤 귀국하기 전에 문화원 창립을 기념하기 위해 열렸던 것이다. 이미 해외 전시회를 몇 차례 치른 뒤이기는 하나 파리는 세계 예술과 유행의 중심지이므로 아무래도 신경이 쓰이고 초행길마냥 설레었다.

파리 전시회가 열리기 몇 년 전, 개인적으로 프랑스와는 남다른 인연의 고리에 꿰인 일이 있었다. 당시 문화계의 대통령으로 불리던 유네스코 사무총장은 프랑스인 엠보였다. 그의 부인은 빼어난 미모의 흑인으로 소르본 대학 출신의 지성인으로 10여 년 전부터 좌익 성향의 급진적인 정치적 견해에 기울어 있었고, 그해 11월에는 북한을 방문할 예정이었다.

우리 쪽에서도 정치 문화적인 국빈으로 엠보 내외를 초청했다. 무슨 생각에서였는지 모르겠으나 엠보 여사는 우리나라 방문 중에 자수로 된 전통적인 장신구를 보고 싶다고 말했다. 엠보 내외를 초청한 주관 부처는 교육부였는데, 당시 이규호 교육부 장관은 느닷없이 그런 청을 받고 다소 어리둥절해했다. 그때 이 장관 부인이 우리 자수 박물관에 얘기해 보는 게 좋겠다고 조언했다고 한다.

나는 뜻밖의 손님을 맞이할 채비를 갖추었다. 우리 박물관에 소장한 자수 장신구를 보기 좋게 늘어놓았다. 우리 박물관을 찾는 이가 많지만 멀리 유럽에서 온 국빈은 아마도 엠보 여사가 첫 손님이 아니었나 기억한다. 첫인상에 그녀에게서는 흑인이 풍기는 다소 슬픈 분위기가 느껴졌다. 그러나 시간이 흐를수록 바르고 정숙한 태도와 지성적인 언행이 사람을 끌었다. 장신구를 꼼꼼하게 둘러보더니 여러 질문을 퍼부었다. 의문스런 것을 묻는다고 생각하기엔 예의에 벗어난 질문이었다. 꼭 심문을 받는 듯한 느낌이 들었다. 한 개인의 집에서 자기의 요구가 이루어졌다는 사실이 믿기지 않는 모양이었다. 나중에야 눈치를 챘지만 그녀는 매사에 북한과 견주어 우리를 평가하고 있었다. 그래서 방문 내내 정부가 장신구를 모아서 민간을 통해 보여주는 것이겠거니 하며 곡해했다.

얼마 후 의혹이 풀어진 그녀는 파격적인 제안을 했다. 유네스코 본부에서 자수전을 열 생각이 없느냐는 것이었다. 생각하고 말고 할 여지가 없었다. 선뜻 하겠노라고 대답했다. 유네스코는 130여 개국이 가맹한 국제기구로 모든 국가가 자기 전통문화를 소개할 기회를 바라며 로비 활동을 하고 있었다. 그제야 그녀는 마음을 열고 여러 가지를 털어놓았다. 귀중한 문화재를 개인도 수집할 수 있도록 보장하는 일이 북한에서는 불가능하다며, 남한은 북한과는 전혀 다른 사회임을 확인했다고 했다. 파리에 오면 반드시 연락하라는 말도 잊지 않았다.

그후 파리를 여행하게 되었다. 프랑스 주재 한국문화원에서 자수전을 열게 된 것이다. 단체여행으로 때마침 금요일 저녁에 도착했다. 피곤이 밀려왔지만 먼저 유네스코 본부에 근무하는 원창훈 씨와 통화했다. 방금 도착했는데 엠보 여사를 만날 수 있는가 물었다. 그는

화조문 버선본주머니
11cm×24cm, 19C

초청이 아니고는 주말에 남의 집을 방문하는 것이 예의에 벗어난다고 충고했다. 더군다나 엠보 여사는 모친상을 당하고 실족해서 부상까지 입었으니 나중에 방문하는 게 좋겠다고 했다.

거절당하면 어떠냐, 일단 왔다는 말이라도 전해 달라고 채근했다. 그는 마지못해 엠보 여사에게 연락을 취했다. 그녀는 당장 오라고 했다. 그럼 그렇지, 무척 기뻤다. 엠보 여사가 국제 예의에 벗어난다는 주말에 공관으로 오라고 초대한 것이다. 그녀는 불편한 몸을 이끌고 몸소 우리를 맞아 다과를 대접했다. 우리는 지난 이야기며 파리의 행사며 이런저런 담소를 나누었다. 시간이 꽤 흘렀는데도 그녀는 우리 내외를 놔 주지 않으려 했다. 그렇게 1시간쯤 보내고 밤이 아주 깊어서야 공관 저택을 나왔다. 엠보 여사와 마치 십년지기처럼 가까워진 느낌이 들었다.

원창훈 씨는 우리 부부를 고급 식당으로 안내해 식사를 대접했다. 그는 우리 부부의 행동과 엠보 여사의 친절에 넋이 나가버린 듯했다. 공관에서 자기가 20년 동안 일한 이래 엠보 여사가 일반인을 초대한 것은 처음이라고 했다. 이처럼 귀한 자리에 자기가 함께 하게 되어서 기쁘다고도 했다. 먼 이국에서 거물급 인사한테 우리나라 사람이 후한 대접과 인정받는 모습을 지켜보는 일 자체가 그로서도 자랑스럽고 기뻤던 모양이다.

경비 문제 등 여러가지 사정으로 유네스코 본부에서 자수 작품을 전시하는 일은 어려웠다. 그래서 훗날 초청전을 하기로 기약했다. 한국 문화원에서 자수전을 열면서 엠보 내외에게도 오프닝 행사 초청장을 보내 달라고 했다. 문화원에서 전시 업무를 담당한 직원은 유네스코 사무총장이 설마 오겠느냐며 미적거렸다. 화가 나서 초청장 한 장 보내는 게 뭐 그리 힘드냐고 언성을 높였다.

남을 배려하는 마음은 세상사에서 무엇보다 소중하다. 그러나 윗사람, 유명 인사를 지나치게 배려하는 바람에 오히려 실례를 범하거나 자기 자리를 믿고 뻐기는 탓에 소소한 일에서 자기 판단과 감정을 앞세워 일을 그르치는 경우를 종종 본다. 어쨌든 엠보 내외에게도 초청장을 띄웠다.

파리는 저녁 9시가 되어야 해가 진다. 해질 무렵 오프닝 행사를 시작했다. 그때 엠보 내외가 나타났다. 문화원 측에서는 모두 놀란 표정이었다. 1시간 동안 자수에 관한 강연을 하고, 또다시 1시간 쯤 작품 설명을 했다. 밤이 이슥했는데도 금식 기간 중이라는 엠보 내외는 잠도 오고 배도 고플 텐데 파티가 끝날 때까지 자리를 지켜주었다. 함께 했던 사람들은 그들의 호의 어린 행동에 놀라워했다.

기메박물관장이 찾아와 전시회를 빛내기도 했다. 그와 전시 얘기를 나누었는데, 언젠가 우리 규중 문화재를 기메박물관에서 전시하는 것이 나의 계획이라는 말도 넌지시 건넸다. 이 모두 엠보 내외가 오프닝 행사에 방문한 영향이 컸다. 문화원이 주최하는 전시회는 보통 이미지가 좋지 않다. 정부가 홍보 차원에서 하는 것이라고 인식하기 때문이다. 그런데 엠보 내외 덕에 좋은 전시회라는 소문이 퍼져 많은 사람들이 우리 자수전을 관람했다.

그 파리전을 더욱 잊을 수 없게 하는 일화가 생겼다. 여느 전시회 때처럼 강연을 하게 되었다. 한국 자수의 역사와 특징 및 수집가이자 관리자로서의 경험을 담담하게 얘기했다. 강연이 끝나고 한 관객이 헤어지기 쉬운 직물작품을 어떻게 보존하느냐고 물었다. 나는 순간 당황했다. 우리 박물관에서 과학적인 보존이란 상상에서나 가능한 일이고 사람을 돌보듯 애정으로 직물을 관리하는 게 전부였던 까닭이다. 궁색하기는 하지만 솔직하게 대답했다.

"과학적인 보존 지식은 없습니다. 하지만 소장품 하나하나를 내 가족처럼 돌보고 있죠. 고미술상한테 사들였던 병풍 이야기를 하나 들려드릴까 합니다. 병풍은 문화재급의 아주 귀한 것이었습니다. 그 병풍이 처음 손에 들어왔을 때는 모란 수문양을 거의 알아볼 수 없을 정도로 먼지가 잔뜩 뒤덮여 있었습니다. 그래서 공들여 먼지를 털어 버리고 나니 이젠 어이없게도 잔털이 일어나지 뭡니

까. 덜컥 걱정스러웠습니다. 아무리 해도 가라앉지 않았습니다. 수심에 가득 차서 손바닥으로 그것을 쓸어내리며 중얼거렸습니다. '너 왜 내 속을 썩이느냐? 내가 어떻게 해줬으면 좋겠니?' 그러자 믿기지 않는 놀라운 일이 벌어졌습니다. 푸르르 일어섰던 털이 가라앉고 병풍은 거짓말처럼 말끔해졌어요. 모란 수문양의 비단 질감도 원래 상태대로 회복되었고요.''

강연장이 떠나갈 듯 박수소리가 터졌다. 얼마 지나지 않아 알아챈 사실이지만, 그들은 나를 먼 동방에서 온 신비한 힘을 지닌 인물쯤으로 여겼던 모양이다.

이제 우리 박물관에도 보존장치가 설치되었다. 하지만 지금까지도 나는 여전히 직물과 수예품을 사람처럼 다룬다. 우리가 안온하게 느끼면 그것들도 평온하게 느낄 거라고 믿는다. 다소 이 일화는 지난 세월동안 전통 자수품을 수집해오면서 겪어야 했던 곤경과 그로 인해 터득한 지식을 말해준다.

🌸 허동화

세계를 감동시킨 규방문화

조선의 어린이웃과 보낸 사계절

　　지금은 '늙어가는 세계'라고 해도 될 만큼 출산이 사회문제로 거론되고 고령화 문제가 나타나고 있다. 군자 같은 고령의 현인들은 요즘 부쩍 다음 세대를 걱정한다.

　　싱가포르 총리 리콴유^{李光耀}(1923~2015)도 최근 출간한 여섯 번째 저서에서 "인구가 줄어들면 성장 동력을 잃는다."고 했을만큼 큰 걱정을 했고, 104세를 일기로 고인이 된 브라질 출신의 세계적인 건축가 오스카 니마이어^{Oscar Niemeyer}(1907~2012)도 마지막까지 어린이를 위한 새로운 공간을 염려했으니 말이다. 그가 만든 우주같은 공간이 브라질 곳곳에 세계적 건축 자료로 남아 있다. 저 출산이 전 세계적 화두로 떠오른 지금 현지인들은 어린이를 위한 시간을 준비하고 있다.

　　구순을 눈앞에 둔 허동화 관장도 요즘 조선의 어린이와 같은 마음으로 살아가는 것 같다. 하고 싶은일, 해야 할 일이 산더미 같은데, 남은 시간이 짧다고 생각하니 아쉽고 호젓한 마음이 든다는 그가 조선의 어린이웃을 전시한다

세계를 감동시킨 규방문화

색동저고리
뒷길이 20.6cm, 화장 33cm,
진동 13cm, 19C

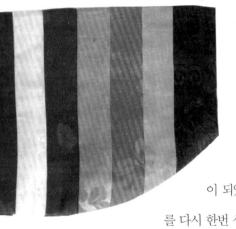

는 소식에 아름다운 울림이 느껴진다.

"이번 전시에서 아이가 태어났을 때 처음 입는 배냇저고리부터 청소년 시기까지의 옷차림을 다양하게 보여주고 싶었죠. 저 출산이 문제가 되고 있는 오늘날, 어린아이 옷을 통해 새 생명의 소중함에 대해 생각해 볼 수 있는 시간이 되었으면 해요. 또 잊혀가는 소중한 우리 전통문화를 다시 한번 생각해보는 기회도 되었으면 하고요."

그동안 군인, 공기업, 경영인, 방송 언론인, 박물관장 등 다양한 직업을 거치며 살아왔지만 작가라는 직업만큼 자신을 즐겁게 하는 것은 없었다고 말하는 허동화 관장의 웃는 얼굴이 아이처럼 천진난만하다. 겸손함과 호기심, 날마다 새롭게 생기는 열정이 그의 노년을 아름답게 해주고 있는 것 같다.

지난해 영은미술관에서 열린 큰 규모의 개인전에 이어 얼마 전 터키 앙카라에서 개인 초대전을 연 그는 요즘 유물 컬렉터이자 환경 작가로 살고 있다. 오는 9월 15일, 그의 미수 생일과 함께 핑크 갤러리에서 개인전도 갖는다. 나이는 숫자에 불과하다는 생각으로 잠재 능력을 꺼내 써보라고 말하는 그는 요즘 다시 동심과 대화를 하는 것일까. 그의 표현대로 평생 그에게 '흥'의 에너지를 불어넣는 아내 박영숙 여사의 손을 꼭 잡고서 말이다. 지난 40년 동안 그의 평생의 뮤즈는 그녀가 아니었을지.

허동화 관장이 1백 년 전의 조선 어린이옷들을 펼치니 주변이 금방 옷에 담긴 정성과 사랑으로 따뜻해지는 것 같았다.

인격을 완성하기 위한 옷을 짓다

우리 조상은 아이를 위한 염원과 배려를 잊지 않았다. 요즘도 그보다 못하지는 않지만, 조상처럼 단순하고 소박하지만은 않을 것이다. 지금도 형태가 온전한 빛바랜 조선의 어린이옷을 보니, 따뜻한 민화 한 폭이 사르르 내려앉는다. 옷은 모두 섬세했다. 연약한 피부를 자극하지 않는 부드러운 소재를 사용하고 솔기 처리를 하는 등 아이의 신체 특성을 고려한 부분이 눈에 띈다. 바르게 행동하고 좋은 품성을 지니는 예를 옷에 담았음은 물론이다. 조선시대 아이들에게 유학을 가르치기 위한 〈소학〉에는 이런 말이 쓰여 있다.

"일곱 살이 되면 남자아이와 여자아이를 같이 앉아 있지 않게 하며, 여덟 살이 되면 식사를 할 때에는 반드시 어른이 먼저 드신 뒤에 하게 하여 사양의 미덕을 가르친다. 아홉 살이 되면 날짜 계산하는 법을 가르친다. 열 살이 되면 남자아이는 사랑방에서 잠자며 스승에게 글쓰기와 셈을 배우게 한다. 이때 옷은 비단이 아닌 천으로 만든 바지와 저고리를 입는다."

우리나라 복식사 중 유일하게 조선 시대에 어린아이의 복식이 기록으로 전해진

태사혜 길이 14.5cm, 높이 4.7cm, 19C

조선의 어린이옷과 보낸 사계절

왼쪽부터
색동저고리 뒷길이 27cm, 화장 37.3cm, 뒷품 31cm, 진동 12.5cm, 19C
색동저고리 뒷길이 31.5cm, 화장 39cm, 뒷품 32.5cm, 진동 12.5cm, 19C
수혜 길이 16cm, 높이 5.5cm, 19C

다고 한다. 저마다 자태는 어른 옷보다 아름답다.

"아이 옷에 양색을 많이 사용한 것은 붉은색과 청색이 벽사의 힘을 가지고 있다고 생각했기 때문입니다." 허동화 관장은 들어보지 못한 신기한 이름의 옷에 깃든 사연을 이야기해 준다. 두렁치마는 남녀 아이에게 입히는 치마로 명주와 무명을 누벼 어른 옷의 치마 형태로 만들어 누운 아기의 등을 편안하게 하고, 기저귀를 갈기에도 편하게 한 지혜가 가득 담긴 아기 옷이다. 이름도 재미있는 배꼽주머니는 청색 무명주머니 속에 쑥이 들어 있어 쑥 주머니라고도 한다. 해독 작용을 해 배꼽이 아물 때까지 배꼽 위에 얹어 놓고 끈으로 매어주었다고 하니, 조선의 아이들은 어쩌면 지금보다 본질적인 관심 속에 자라지 않았을까. 지혜롭고 건강한 아이로 키우기 위해 조상의 지혜를 잠시 빌려야 할 때인 것 같다.

토시 길이 9.5cm, 너비 7.5cm, 19C
토시 길이 좌 12cm, 우 11.5cm, 너비 8cm, 19C

세계를 감동시킨 규방문화

예를 들어 아이 옷이 알록달록해야 하는 이유가 단순히 배색의 즐거움 때문이 아니라 사악한 기운이 들어오는 것을 막기 위해서였다거나, 백일에 작은 조각 천을 모아 백 쪽 저고리를 만들어 입힌 이유가 자투리 천을 이용해 만듦으로써 하늘의 노여움을 타지 않고자 몸을 낮추어 아기를 키우는 자세였으니 요즘 아이 옷에서도 그런 지혜를 구할 수 있을까?

『style H』(2013)에서, 김수진

규방문화의 여행, 쌈지와 베갯모

우리나라 여성들은 남성들에게 동등한 지위를 인정받기 위해 물리적인 방법을 제도화, 법률화 하려고 한다. 하지만 동양문화의 근거를 되짚어보면 '음양의 문화'가 있다. 음과 양은 낮과 밤, 남과 여, 어느 한쪽만이 강해서는 안 되며 조화로운 조화가 이루어져야 한다. 남성에게는 '남성성'이 있고, 여성에게는 '여성성'이 있다. 이들을 물리적으로 변화시켜서는 안 되며, 여성은 여성성을 발전시키고 여성성을 회복시키기 위해 무엇보다 여성문화를 발전시켜야 한다.

우리의 자수는 세계적인 문화유산임에도 불구하고 우리나라가 유교사회라는 이유만으로 여성과 그 문화유산을 인정받지 못한 채 오랜 세월 숨겨져 왔다는 것을 생각하면 너무나 안타깝다.

그러나 국내외에서 열리는 우리의 규방문화 전시를 보면 그 우수성을 알 수 있다. 전시 관람자들의 호응이 매우 높아 주최측인 한국과 한국사람들을 높이 평가하는 것을 매번 접하게 된다. 바로 이러한 것이 인류화합의 힘이 되는 것이며, 또 그렇게 서로의 문화를 이해하고 화합하는 일에 일조한다는 생각이 드니 보람과 사명감을 느낀다.

나는 전시를 통해 여성문화를 더욱 발굴하고 소개해서 여성의 지위향상에 도움이 되기를 바라며, 우리 한국여성들이 자기문화, 우리 문화에 대해 더욱 폭넓게 이해하고 참여하며, 자랑하는 기회가 많아졌으면 좋겠다.

그런 의도에서 규방문화의 전시를 매년 개최하고 있으며, 앞으로 계속되는 규방문화의 여행은 우리 문화의 우수성, 우리의 어머니, 한국의 여성을 세계에 끊임없이 알리고 아름다운 자수와 보자기 문화와 더불어 든든한 지킴이 역할을 할 것이다.

넉넉함을 담은 옛 주머니, 쌈지

조선시대의 주머니들이 한자리에 모였다.

출품작 대부분이 정성껏 수를 놓은 주머니들로, 실용품의 차원을 넘어 아름다움이 돋보인다. 아기의 돌 주머니, 수저 주머니, 붓 주머니, 향주머니, 버선본 주머니, 안경 주머니, 마늘 주머니, 할아버지 담배쌈지…. 대부분이 크지 않은 주머니지만 옛 사람의 넉넉한 마음과 아름다운 정서가 담겨있고 주머니를 통해 옛사람들의 생활 미학을 발견할 수 있다.

옛 사람들의 주머니를 잘 들여다보면 흥미로운 이야기가 많다. 수저주머니는 대개 붉은색이다. 식생활은 건강과 밀

좌: 채색누비 쌈지 17cm×31cm, 19C
우: 가락지 쌈지 6cm×11cm, 19C

접하기 때문에 생명을 표상하는 붉은 천을 사용해 액을 물리치려 한 것이다. 여기에 십장생, 연꽃, 모란 등 길상무늬와 수복壽福 등의 문자를 수놓아 행운을 기원했다.

바늘 주머니는 노리개의 역할도 겸할 수 있도록 아름답게 장식했다. 안에는 바늘이 녹슬지 않도록 머리카락을 채워 넣었다. 표면은 꽃과 기하학적 무늬로 화려하게 수놓았다. 18세기 본격적으로 보급된 안경도 허리춤에 메다는 것이 유행했고 이런 분위기에 따라 안경주머니도 화려하게 장식했다.

쌈지는 작은 주머니를 말한다. 표면 디자인이 좀 더 독특한 쌈지는 흰색 남색, 등 단순한 색깔의 쌈지, 오색 비단 쌈지, 누비 쌈지 등의 경우 현대적인 감각의 디자인이 두드러진다.

전시기간: 2010. 10. 11. ~ 2011. 9. 30.

이렇게 소담한 베갯모

궁중 베갯모부터 민간에서 사용되었던 베갯모까지 다양한 종류의 베갯모를 선보인 전시였다. 베갯모는 한국사람들에게 일상품의 가치와 중요성을 보여주는 또 다른 예다. 옛날 어머니들이 아이들과 남편을 위해 복과 건강을 빌며 베갯모에 자수를 놓았는데, 바늘 한 땀 한 땀 조선 여인들의 마음이 담겨있기 때문이다.

서양 베개와는 다른 한국스타일의 베개는, 베개의 끝을 장식하기 위한 베갯모가 존재한다. 한국 전통 베개는 천 안에 콩, 쌀, 등 다양한 재료들로 채워져 있다. 그러므로 서양의 푹신한 베개와는 다르게, 한국 전통베개는 사각형 또는 원통형이며 촘촘하고 단단하다.

베개 끝의 장식 특성에 따라 진주 무늬를 넣는 나전침, 또는 손으로 직접 우각을 그리는 화각침으로 구분된다. 하지만 여태까지 가장 인기있는 베개 끝의 장식은 자수를 넣는 것이다. 자수의 디자인은 주로 운 또는 장수의 상징이었고, 주로 베개 주인의 성별에 따라 달랐다.

잠자는 동안 좋은 꿈꾸길, 그 꿈이 실제로 이루어지길 바라는 마음에서 비롯된 조상들의 베갯모 꾸밈. 부귀를 누리라고 모란, 국화, 매화, 연꽃을 수놓고, 장수하라고 학, 사슴, 소나무를 수놓았던 어르신들의 중한 마음이 바늘 길 사이로 전해진다.

예를 들면, 모란, 난초, 연, 살구와 같은 꽃이나 나비는 여성들을 위한 디자인이었고, 소나무와 대나무는 솔직 담백한 성격을 상징하며 주로 남자들과 어울리는 디자인이었다. 신혼을 위한 베개는 한 쌍의 봉황과 일곱 마리 새끼 봉황으로 꾸몄으며, 이것은 생산력과 장수를 상징했다. 학, 사슴, 소나무, 거북이, 상서로운 한자 등은 인기 있는 패턴이었다.

일반 한국인들이 베개, 이불 그리고 옷에 큰 의미를 두었던 것처럼 베갯모도 또 하나의 예이다. 일상에 미를 더하는 것과 더불어, 장식용 요소는 건강과 번영을 위한 표현이기도 하다.

전시기간: 2009. 10. 29. - 2010. 9. 30.

실꾸리 감듯 세월을 감으며

옛 여인네들은 쉽게 손이 닿고 쉽게 꺼낼 수 있는 안방의 장농에 반짇고

규방문화의 여행, 쌈지와 베갯모

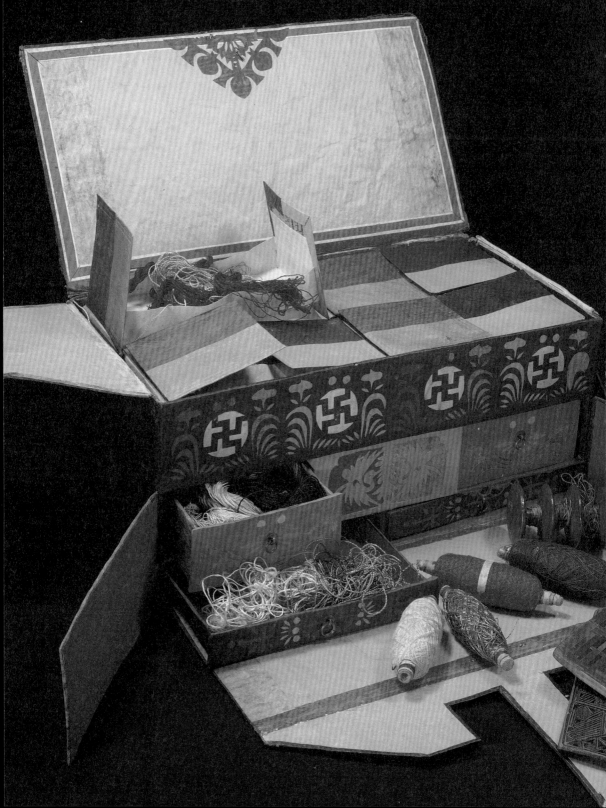

리를 넣어두고, 온종일 노동에 지친 몸으로도 저녁이 되면 호롱불 아래에서 무언가를 변신시킬 준비를 했다.

그 안에 들어있는 실꾸리는 실패의 순수 우리말로, 실용적인 물건이라고만 생각한 실꾸리를 예술적 작품으로 인식하고, 국내 최초로 '실꾸리 실패전展'을 개최하였다는 것에서 그 의미가 크다.

예로부터 실은 길게 이어져 있는 속성과 서로 연결하는 구실로 인해 장수를 상징했다. 다양한 종류에 굵기나 색깔의 실들을 실패에 감아 놓았다. 소담한 매화와 모란, 그리고 새, 박쥐를 수놓은 화려한 실패는 대개 수실을 감아 두었다가 썼다.

사치품과 다름없는 화각실패(쇠뿔을 얇게 펴서 그림을 새김)가 있는가 하면, 그저 밋밋한 나무조각사패, 천조각을 이어 만든 실패, 밀짚사패, 자수사패 등 그들만의 개성을 자랑한다.

200개가 넘는 그 많은 실꾸리 종류 중에서도 어머니의 정성이 담긴 자수실꾸리는 그 어느 화려한 실꾸리에 비해 맘이 푸근하고 곱다. 풀 먹인 무명실을 감아도 말이다. 그 속엔 여인네의 정한이 오롯이 담겨 있기 때문일 것이다.

전시기간: 2008. 10. 27. - 2009. 9. 30.

한 땀 한 땀 소망과 사연을 담은 예술, 매듭

2006년 최초로 매듭의 역사를 기술한 도록을 발간하고, 그를 고증하는 각종 매듭작품을 전시하여 우리 매듭의 우수함을 알

린 전시가 열렸다.

매듭은 대개 좋은 날 '특별함'을 표시했다. 집안에 경사가 있을 때 추녀 끝에 달던 등에도, 신부가 탄 꽃가마에도, 궁중에서의 연희나 큰 의식이 있을 때 풍악을 울리던 악기들에도 화려한 매듭이 장식되었다.

또한 선인들은 매듭을 매는 것과 푸는 것의 양면성을 다각도로 해석하여 생활 속으로 끌어들였다. 즉, 매는 행위는 봉쇄·약속·숫자의 뜻으로, 반대로 푸는 행위는 해방·화해 등을 의미했다.

색상이 화려한 우리의 매듭은 선이 섬세하며 예술성이 풍부하고 정교하다. 매듭두 하나의 예술작품으로 단지 주체를 장식하는 종속품에만 머물고 있지 않다.

한 가지씩 일의 결말을 짓는 것을 '매듭짓는다.' 라고 한다. 수많은 맺음 속에서 우리는 살고 있다. 부부의 인연을 맺기도 자식과의 인연을 맺고, 그리고 주변사람들과의 인연을 맺으며 살고 있다. 즉, 사람과 사람 사이에 매듭을 맺고 사는 것이다.

이어령씨는 저서 『한국인의 손, 한국인의 마음』에서 매듭에 대해 이렇게

궁중 연수식 발 113cm×109cm, 19C

말하고 있다.

한국의 문화는 끈의 문화라고 정의할 수도 있다.

한국인이 재료로 가장 많이 사용하는 지푸라기는

새끼를 꼬는 데서부터 시작된다.

모든 기술의 기초가 바로 이 끈 만들기이며, 그것을 어떻게 맺는가에 의해서

짚은 짚신이 되기도 하고 바구니나 가마니가 되기도 한다.

인간이 만나고 헤어지는 것을 맺고 풀고 잇고 끊는 관계로 나타낸 것이

한국인의 인간관계이다. 그래서 한국인은 고립무원의 상태를

'끈 떨어졌다'고 말하기도 한다. 이러한 끈의 사상을 실제 눈으로

볼 수 있는 기호로 만들어낸 것이 바로 매듭이라는 수예품이다.

최초로 매듭의 역사를 기술한 도록을 발간하고, 그를 고증하는 각종 매듭작품을 전시하여 우리 매듭의 우수성을 알린 전시였다.

전시기간: 2006. 11. 20. - 2007. 3. 5.

 허동화

터키 앙카라에 소재한 국립회화건축박물관에서 '보흐차와 보자기의 만남'이라는 제목으로 전시회가 열렸다. 터키 주재 한국문화원과 한국자수박물관, 터키 문화관광부 및 앙카라 올군라쉬마 직업학교가 공동으로 개최한 전시회로 터키 보흐차Bohça와 한국보자기의 유사성과 아름다움을 선보였다.

터키의 보흐차는 물건을 싸서 보관하거나 전달할 때 사용되던 정사각형의 직물로 약혼식이나 결혼식에서 신랑이 신부에게, 신부가 신랑에게 예물을 보흐차에 싸서 전달하는 전통이 있다. 이런 면에서 보흐차는 혼례나 귀한 손님에게 선물을 전달할 때 사용되는 한국의 보자기와 기능적으로 매우 유사한 점을 갖고 있다.

보흐차와 보자기는 형태와 소재도 비슷하다. 발음도 매우 흡사하다. 보

터키 앙카라 국립회화건축박물관 전시 〈보흐차와 보자기의 만남〉, 2013

흐차는 보통 비단이나 면실유를 사용하여 만들뿐 아니라, 만드는 방식 역시 비슷해 조각을 이어 붙인 조각 보흐차, 색색의 자수로 모양을 낸 자수보흐차 등이 있다. 보자기는 자수의 형태나 색감으로 볼 때 단아하고 소박한 느낌이고 보흐차는 화려한 느낌을 준다.

무엇보다 양국이 다른 언어를 쓰는데도 보흐차와 보자기 발음이 매우 흡사하다는 것이 놀라웠다. 기능적인 면, 모양뿐만 아니라 언어적인 면까지 비슷한 점에 비춰보면, 보자기와 보흐차는 한국과 터키가 매우 오래전부터 어깨를 나란히 하며 교류하고 있었음을 보여주는 증거가 될 만하다. 이처럼 터키와 한국의 보자기를 함께 비교 전시한다는 것은 처음 있는 일이다.

이제 해외에서 우리 보자기 전시를 하면 미국에서나 유럽에서도 '보자기'로 부른다. 2011년 교토미술관 전시에도 '보자기'라는 뜻의 일본어 '후로시키'가 아니라 우리 고유명사가 보통명사로 자리 잡아 전시를 한 적이 있다.

　　외국인이 한국의 전통 미감을 가장 잘 느낄 수 있게 해주는 문화재로는 무엇이 있을까. 청자, 백자, 분청사기, 한옥 등등이 있겠지만 외국인들이 의외로 좋아하는 것이 조선시대의 정통 보자기다. 화사하면서도 담백한 색상의 조화, 절묘한 공간 구성, 섬세한 자수 기법, 여기에 옛 여인들의 마음씨까지 그대로 담겨 있기 때문이다.

　　1970년대 말 이후 60여 차례 해외 전시에서 각광을 받았던 보자기 명품을 골라 소개했다. 일본 고려미술관 전시에는 고려미술관이 소장한 보자기도 선보였다. 전시품은 크게 조각보와 자수보자기로 나뉜다.

　　조각보 매력의 핵심은 색감과 공간구성, 폐물 활용에서 시작됐지만 조각 천들의 면과 색의 구성이 매우 뛰어나다는 것이다. 때로는 중앙의 네모꼴을 중심으로 동심원처럼 퍼져나가기도 하고 때로는 삼각형 사각형이 만나 질서와 변화를 만들어가며 독특한 공간미를 연출한다. 현대 추상화에서 볼 수 있는 세련된 구성미다. 조각 천들의 색의 대비와 조화도 일품이다.

자수로 무늬를 넣은 자수 보자기의 매력은 이와 또 다르다. 새, 꽃, 나비 등의 다양한 무늬가 등장하는데 이 무늬들엔 장수, 건강, 다산 등에 대한 인간적인 기원이 담겨 있다. 자수 한 땀 한 땀에서 옛 여인들의 정성도 볼 수 있다.

일본 고려미술관 전시가 알려지면서 한국의 보자기와 자수 문화를 답사하려는 일본인이 점차 늘고 있다.

고려미술관은 원래 답사를 한차례만 예정했지만 신청자가 늘어 매회 30명씩 세 차례에 걸쳐 한국자수박물관을 비롯해서 자수 매듭 섬유관련 박물관을 집중적으로 답사하기도 했다.

그 이후에도 우리의 전통문화재가 세계적으로 유명한 일본의 시립미술관을 통해 전시됨으로써 국내에서도 과거를 현대적 시각으로 탐구하는 분위기가 조성되었다. 또한 공공미술관에서 전시함으로써 일본이 한국을 문화국으로 재평가하는 계기가 되었으며, 자수·보자기 문화를 현대적인 예술작품으로 평가하는 기회가 되었다.

🌸 허동화

4

동화가
그리는 동화童話

독특한 문화유산
우리의 보자기에는 몬드리앙이 있고
폴 끌레도 있다.
현대적 조형감각을
유럽을 훨씬 앞질러 드러내고 있다.
그러면서 그 표정은 그지없이 담담하다.
마치 잘 갠 우리의
가을하늘처럼 선선하다.
그것은 어느 개인의 폐쇄된 자의식自意識에서
풀려나 있기 때문이다.
그것은 그대로
익명성匿名性의 느긋함을 말해주고 있다.
그것은 그대로 또한
우리 배달겨레의 예술 감각이요 생활감정이다.
거기에는 기하학적幾何學的 구도와
선線이 있고
꼴라쥬의 기법技法이 있다.
가장 먼 거리에 있는 것들끼리의 결합,
쉬르리얼리즘이 있다.
그러나 그것(보자기)은 또한 가장 기능적이고
실용적이다.
그렇다.
그것은 또한 가장 격조 높은
미니멀 아트Minimal Art가 되고 있다.
거기에는 아름다움을 한결 따뜻하게 하고
한결 가깝게 느끼게 하는 그 무엇인가가 있다.
그것은 그대로 우리(韓國人)의 가슴에 와 닿으면서
고금古今을 넘어선
세계성을 지니고 있다.
이런 것이 바로 우리 배달겨레가 간직한
겨레의 슬기가 아니었던가?

보자기 찬讚 / 김춘수

잃어버린
시간을 찾아서

안국동에 있는 한 골동품상에서 8첩짜리 화조도 자수 병풍의 아름다운 색채에 사로잡힌 이래 30여 년이 흐른 오늘날까지 나는 여기저기 흩어진 자수품과 보자기를 모아들이고 그 하나하나를 가족처럼 돌보아왔다. 또 보고자 하는 이가 있다면 먼 나라 이방인에게까지 살뜰히 꾸려들고 찾아가 자랑스럽게 내보이며 살아왔다. 운명이었을까.

수집가로 골동품을 모으기 시작한 때가 60년대 초였다. 지금에 견주어 보면 예전에는 너나없이 인심이 후했다. 골동품 상인도 그랬다. 뭐 하나를 사면 기분 내키는 대로 찢어지거나 깨지거나 부러지거나 구겨지거나 하여 불구가 된 고미술품을 거저 건네주기 일쑤였다. 수집하는 내용하고는 다소 거리가 있어도 재미있고 예쁘기도 해서 어루만지며 모았다. 또 눈과 마음을 사로잡고 놓아 주지 않는 농기구나 가재도구 등도 틈틈이 그 곁에 쌓아 두었다. 그러다 보니 집안에는 그냥 딸려 온 갖가지 생활 용구와 고미술품으로 가득했다.

1993년 히로시마에서 '여성과 색채'라는 주제로 우리 전통 자수와 보자기 전시회를 하려고 일본을 방문했을 때였다. 일본 작가의 조각품 하나에 마음을 빼앗겼다. 해변에서 수십 년 동안 파도에 마모된 나뭇조각을 주워다가 조립하여 만든 새였다.

그것을 본 순간 불현듯 뱀장어를 잡는 작살이라는 도구의 아름다운 곡선이 머리에 떠오르고 가슴이 쿵쾅거렸다. 어느 어부의 손때와 세월의 때가 묻어 맨질맨질하고 까무잡잡한 그것은 새의 영상을 하고 있었다. 새 부리처럼 뾰족한 끝은 두 가닥 세 가닥으로 벌어지고 그린 듯 머리와 목, 몸통처럼 날렵한 곡선으로 이어지고 끝에는 자루를 채우게 되어 있었다. 질퍽한 갯벌에 푹 찔러 넣고 죽 당겨 봐서 바위나 돌덩어리에 맞질리지 않으면 뾰족한 주둥이가 갯벌을 파고 지나다가 낙지와 뱀장어를 걸고 나온다. 새의 형상과 비슷하여 유독 눈길을 자주 주고 마음속 깊이 각인해 두었다.

일본에서 돌아오는 길로 작업에 몰두했다. 새 모양의 뱀장어 잡이 도구나 낙지 캐는 도구의 손잡이 쪽 구멍에다 맞춤한 자그마한 쇠갈고리를 꽂았다. 그것이 대롱대롱 매달린 모습이 디할 수 없이 잘 어울렸다. 마치 새 한 마리가 미소를 지으며 아름다운 자태로 가지에 앉아 기분이 좋아 꼬리를 흔드는 듯했다. 쇠갈고리는 우물에 빠진 두레박을 건져 올릴 때 사용하던 것이다. 옛날 시골에서는 두레박으로 우물물을 길어 먹었다. 우물가에 마련된 두레박은 오랫동안 자주 사용하여 찌그러지고 구멍이 뚫리고 헐어서 퍼 올리고 보면 물이 절반 이상 빠져나가게 마련이다. 그러다가 줄이 끊어져 우물 속에 두레박이 덤벙 빠져 버리면 그나마 물도 길을 수 없게 된다. 그러면 줄에다가 여러 갈래로 된 쇠갈고리를 매어 우물 속에 넣어 휘휘 젓다가 두레박이 걸리면 건져 올린다.

여러 날, 아니 허구한 날 밤을 도와 미열에 들떠서 작업에 몰두했다. 재미 있었다. 새로운 상이 계속 떠올라 하룻밤 새 몇 점씩 만들기도 했다. 그러면서 서서히 작품과 작가의 마음을 알게 되었다. 의도적인 구상과 타고난 재간으로 작품을 만드는 것이 아니라 작품 스스로가 그렇게 되려고 나를 이끌어 간다는 느낌에 사로잡히곤 했다.

모든 농기구나 가재도구는 필요에 의해 태어나며, 인간은 잠시 자연에서 빌려다 사용할 뿐이다. 그래서일까. 그것은 무의식중에 만드는 이가 늘 보아 온 자연을 닮았다. 이제 실용성을 잃어버린 것을 다시 구성하고 보니 그것이 지녔 던 본래의 아름다운 면모가 새롭게 보이기 시작했다. 그뿐인가. 곧잘 잃어버린 시간을 되찾아가는 환각에 빠져들게 되기도 했다.

동화가 그리는 동화童畵

고무래와 먹통으로 작품을 만들 때였다. 고무래는 우리 시골과 어머니의 고된 삶의 상징이다. 신새벽, 초가집의 노천 부엌에서 어머니는 나무를 때서 밥을 짓고 남은 불씨를 질화로에 담아 방 안에 밀어 넣곤 했다. 그러

숲속의 꺽새들 124cm×52cm×150cm, 1997

면 아침은 어느덧 다독거
려진 불씨처럼 훈훈하고
옹글졌다. 긴 막대기에
손바닥만 한 나뭇조각을
대어 만든 고무래는 불
덩어리를 긁어내거나 재

위: 우리집 종닭 120cm×24cm×105cm, 1998
아래: 인생은 아름다워 74cm×82cm, 1999

를 덮어둘 때 사용한다. 길고 흰 나뭇
가지에 닿아서 개피떡만한 나뭇조각이
붙은 고무래를 서너 개씩 가마니틀 구

멍에 꽂았더니 막 고개를 든 새순 같기도 하고 옹기종이 모인 버섯처럼 보이기
도 했다.

　　어느 날엔가는 구멍이 숭숭 뚫린 바가지 하나를 들고 아련한 추억에 젖
어 작업한 적이 있다. 그 바가지에는 송곳으로 뚫어 만든 껄끄러운 구멍이 수
백 개 나 있었는데 함경도 지방에서 올챙이묵을 만드는데 사용했다고 한다. 옥
수수로 묵을 쑤어서 찬물을 밑에 놓고 바가지로 흘려 내려 만드는 것이라는데,
그 바가지는 볼수록 유년 시절에 보았던 여인을 생각나게 했다. 의학의 불모지
였던 그 시절, 얼굴 고운 계집아이가 천연두인 마마에 걸려서 곰보가 되어버리
는 일은 흔했다. 얼굴은 얽었지만 심성이 어여뻤던 우리의 옛 여인. 그래서 그
얼굴에 난 곰보는 하나하나가 보조개로 보일 정도였다. 군데군데 구멍이 숭숭
뚫린 그 바가지가 곰보 미인을 추억하게 했다.
　　어느 날 갓난아기 머리통만한 먹통을 발견했다. 먹통은 목수가 반듯하게

생과 사 130cm×155cm, 1995

선을 그을 때 사용하는 도구이다. 조그만 구멍에 먹물로 적신 솜을 넣고 실을 먹솜을 통해 길게 내보내 꽂은 후에 실 끝을 튀기면 먹줄이 일직선으로 생긴다. 먹통 살 돈이 없어서였을까. 깊이 파인 여물 주걱에 구멍을 뚫고 먹솜을 넣어 사용한 듯했다. 가슴이 저렸다. 오죽하면 목수가 변변한 먹통 하나 장만 못해 여물 젓는 주걱으로 먹통을 만들어 썼을까. 머리통 같은 그 속에는 줄을 당기는 바퀴와 새까만 먹줄이 아직도 감겨 있었다. 문득 내 머리통 같다는 생각이 들었다. 자나 깨나 자수나 보자기 같은, 섬유로 만든 것만 생각하여 내 머리 속에는 실만 잔뜩 들어 있는 셈이니 그 먹통은 마치 자화상처럼 느껴졌다.

사람이 죽으면 그 사람의 품계를 도자기에 써서 구워 만든다. 벼슬이 많은 사람은 몇 개씩 된다. 그것을 넣어서 같이 묻는 부장품이 시석함인데, 하루는 예쁘장한 지석함이 손에 들어왔다. 예쁘지만 그것은 죽음 상자다. 인생이란 삶과 죽음의 교차로 이루어지는 드라마이다. 왜였을까. 지석함을 보는 순간 내 인생이 주마등처럼 스쳐 지나갔다. 인생이라는 제목으로 작품을 만들어 보고 싶었다. 살아 있는 것을 상징하는 것이 있으면 그대로 인생이 될 터였다. 그러던 참에 힘찬 사람 모양의 나무때기를 발견했다. 등잔을 올려놓은 등잔대였다. 지석 함과 사람 모양의 등잔대를 마주보게 해 놓았다. '생과 사' 라는 작품은 이렇게 하여 만들어졌다.

동화가 그리는 동화童畵

좌: 자소상 H 43cm, 2008
우: 박영숙상 H 39cm, 2008

그렇게 만든 것이 어느새 80여 점이 넘었다. 대부분 애당초 생긴 그대로를 가지고 작품을 만들었다. 조금이라도 원형을 훼손하여 무엇을 만들지는 않겠다는 원칙만은 철저하게 지켰다. 버려질 운명이던 가재도구, 농기구, 건축재들이 군학, 새, 우물가의 이야기, 신랑 신부 등의 이름을 달고 1996년에 세상 사람들 앞에 선을 보였다. 전시를 끝내고 작품을 모두 대학 박물관으로 떠나보냈다.

나는 미학을 전공하고 작품 활동을 해 온 작가가 아니다. 작품을 통해 명예나 경제적인 이익을 얻으려고 하지도 않았다. 평생 우리 것의 아름다움 속에 살아오면서 어느덧 우리 것의 조형적인 아름다움과 대화할 수 있는 눈을 지니게 되었고, 조상의 정성과 생각을 읽고 자연의 아름다움과 신의 뜻에 감사하며 자유롭게 미적 감흥에 젖어 작품에 몰입했을 뿐이다.

굳이 이들 작품을 전시하게 된 까닭은 색다른 작품이라는 점과 전통 공예품에 재생의 의미를 부여하고 싶었기 때문이다. 그러나 그것은 미술계에 대한 자그마한 개인적 소망이고, 작품을 보는 이들이 사라진 우리네 풍물에 담겼던 아스라한 기억을 반추하며 어머니의 숨결처럼 성이 배고 일상생활에 스며들어 있던 우리 것의 아름다움을 되새겨 볼 수 있기를 바랐다.

🌸 허동화

욕심없는 오브제의
정다운 대화

바느질은 영원한 꿈의 수단이 되기도 한다. 기다림, 인내, 상상속의 꿈, 그
것들을 그 속에서 이루기 때문이다. 그리스 신화 속의 영웅 오디세이의 아내로
전쟁에 나간 남편을 기다리면서 오랜 기간 베틀을 돌렸던 페넬로페는 오디세이
가 돌아오지 않자 많은 남자들의 끈질긴 청혼을 받았다. 그녀는 남편의 수의가
다 지어지면 결혼하겠노라고 약속한 후 낮에 짜놓은 만큼 밤이면 모두 풀어버
리는 식으로 옷 만들기를 끝내지 않았다. 그렇게 20여 년을 기다렸다.

이처럼 길쌈의 여정은 길고 또 길다. 나도 이처럼 반평생을 쉬지 않고 규
방문화재를 수집하면서 갖가지 세간들을 헤아릴 수 없이 수집해왔다. 그중에
는 원하지 않았던 가재도구, 농기구, 어촌의 도구 등도 있어 뜻도 없이 창고에
쌓아 놓았다. 하지만 이 물건들은 내가 오늘날 작가가 되게 하는 중요한 역할을
했다.

한 일본 작가의 오브제가 나의 시선을 사로잡았다. 바닷가에서 허구한

날 짠 바닷물과 조개껍질과 모래 속에서 시달려 마모되어버린 나무 조각들을
모아 구성한 작품이었다. 그때 '그렇지! 내 창고에 가득한 쓸모없는 기물들을
활용해 재구성하면 되겠다.'라는 생각이 들었다. 그때부터 내 가슴은 쿵쾅거렸
고 조바심이 들었다. 그 즉시 작업에 착수하였고 밤과 낮을 잊은 채 작업에 몰
두하기 시작하였다. 덩치가 큰 것은 옥상에서, 작은 것은 현관에서, 아주 작은
것은 침실에서 뚝딱거리며 허구한 날 밤을 지새웠다. 작품 수는 70여 점에 이르
렀고 낮잠 자던 갖가지 세간들은 제 나름대로의 이름을 달고 새로이 숨을 쉬
며 태어났다.

영은 미술관 전시 〈허동화, 그가 걸어 온 소박한 예술이야기〉, 2012

그 작품 전부는 무상으로 아주대학교에 기증되었고, 그후 아주대학교 병원 복도는 값비싼 대형 서양화에서 다양한 형상의 옛 농기구들 전시장으로 바뀌었다. 많은 사람들이 "저것 봐! 소죽거리가 학이 되고 뱀장어 작살이 공작새가 됐네"라고 왁자지껄하며 매일같이 웃음바다가 되었다고 한다.

옛 여인들의 전통자수와 보자기 속에는 연못 속에서 물고기와 새가 같이 생활하는 모습이 묘사되어 있는가 하면 나뭇가지에 꽃 대신 새를 피게 하는 등 상상의 세계를 해학적으로 표현돼 있는데, 나는 이것을 인간 본능의 욕구인

돈과 명예에서 해방된 자의식이라고 여기고 있다.

바로 그것을 본받기로 굳게 결심한 나는 영감이 떠오르는대로 주어지는 자료의 형상 그대로, 마음과 손길이 가는대로 자유롭게 작업을 한 것이다. 그 이후로 계속해서 버려진 각종 미닫이 문을 수집하여 때를 벗기고 오색의 옛 천 조각들을 붙이는 작업과 더불어 과자 상자나 분갑 등을 모아두었다가 장신구를 만들고 넓은 천과 짜투리 천을 배접하여 한지 위에 색채 구성하는 작업들을 해오고 있다.

허동화

동화가 그리는 동화童畵

허동화가 그리는
동화童畫

안개 속에 나타난 몽롱한 산자락을 대하자 가슴이 할랑거리고 입가에 웃음이 핀다. 건너편에서 달려오던 지프차가 앞 유리창으로 물벼락을 확 들씌워도, 군데군데 파인 도로가 차를 뒤흔들어도 마음이 찌푸려지지 않는다. 조금 더 지나니 물과 나무가, 강과 산이, 흑과 백이 뒤엉켜 있는 양평 수입리가 눈에 들어온다. 안개를 뚫고 오솔길을 덜컹거리며 좀 더 달려가니 '사전가絲田家'라는 입간판 아래 은발의 노인이 서 있다. 하얗고 말간 모시옷을 입고 그 옷보다 더 환한 웃음으로 젊은 객들을 맞는다.

"사진 찍는다고 우리 마누라가 곱게 입혀줬어요."

현관문을 열고 들어선 거실 안 풍경은 더 환하다. 한창 작업 중이었는지 바닥에 펼쳐놓은 보자기, 모시의 색깔이 눈을 홀릴 지경이다. 펼쳐진 보자기 너머 거실 창문 뒤로 백일홍이 붉디붉다. 수입리의 아침저녁은 수묵화의 농담 같다고, 1년초 토종 꽃들이 차례로 움트면 이곳은 사방천지 꽃대궐이라고 동그랗게 생긴 할아버지가 꽃잎처럼 웃었다. "저 양반이 원래 이쁜 걸 좋아해요. 내 화장이 점점 진해지는 게 다 저 양반 때문이잖아. 여자가 화장하고 있는 모습이 너무 이쁘대." 그의 아내 박영숙 여사가 곱고 붉게 웃었다.

이곳은 한국자수박물관 허동화 관장의 전시관이자 작업실이며, 주말 주택이다. 동녘 동, 빛날 하, 동화라는 이름 대신 '사전絲田'이라는 자신의 호를 따 '사전가'라 이름 붙였다.

"동녘처럼 빛난다는 건 내게 좀 버거워요. 사전이란 게 풀이하면 실밭이 잖아요. 논두렁 길, 밭두렁 길. 난 가난하게 태어났고 논두렁, 밭두렁 좁은 길에서 휘청대며 뛰어놀며 자랐어요. 논두렁, 밭두렁이 지천인 이 동네를 보니 이이름이 딱이다 싶었어요."

동화가 그리는 동화童畵

그 실밭 사이 수입리에 안착한 허동화 관장. 그는 이름난 자수·보자기 수집가다.

1960년대 중반, 천명인지 우연인지 인사동 골동품상에서 우연히 접한 8폭 화조도 자수 병풍에 반했다. 거미줄보다 가는 비단실을 뽑아 한 뜸 한 뜸 만들어낸 자수는 고운 걸 좋아하는 그를 단박에 매료시켰다. 수집에 뛰어든 그는 구두 닦는 보자기까지 사 모았다. 때론 넝마주이, 거지라고 오해받으며, 규방용품만 사 가는 여학생이라 불리며 자수품과 조각보를 3천 점 넘게 모았다. 우리 자수품들이 해외로 유출되는 게 안타까워 1976년엔 한국자수박물관이라는 전시관도 열었다. 471점의 다듬잇돌을 모아 기네스북에 오르기도 했다.

"괴벽, 열정, 날카로운 눈, 수집할 대상에 대한 지식, 수집품을 보관하고

허동화가 그리는 동화 童畵

전시할 공간. 진정한 수집가는 이러한 것들을 가지고 있다. 허동화 관장이 바로
그렇다.”

뉴질랜드 와이카토박물관 큐레이터인 리파 윌슨의 표현이 아니더라도 그
는 '모으기, 쌓아두기, 정리하기, 작품의 마음 읽기'라는 수집가의 덕목을 갖춘
탁월한 수집가다.

“수집이라는 건 좋은 것만 고른다는 마음으로 되는 게 아니라, 모조리 수

집한다는 생각으로 해야 해요. 전국에 남아 있는 미닫이문을 모두 모은 적도 있어요. 30만 원짜리 보자기와 3천만 원짜리 도자기를 바꾸기도 했죠."

그는 규방 예술품 수집가일 뿐만 아니라 자수 문화의 학술적 전문가이기도 하다. 그동안 펴낸 규방문화 책만 해도 스무 권에 가깝다.

자수수집가에서 환경작가로

"93년 히로시마에 보자기 전시를 하러 갔는데, 거기서 일본 작가의 조각품 하나에 마음을 빼앗겼어요. 수십 년 파도에 마모된 나뭇조각을 주워다가 조립한 새였어요. 그걸 본 순간 내가 모아 놓은 낙지잡이 도구의 곡선이 떠올랐어요. 어부의 손때가 묻어 반질반질하고 까무잡잡한 놈인데 영락없이 새처럼 생겼거든요. 이 목기구를 가지고 새를 만들어봐야겠다는 마음에 가슴이 쿵쾅거렸지요. 한국에 돌아와 낙지잡이 도구에 쇠갈고리 하나만 꽂아줬어요. 그러고 나니 아름다움 맵시를 자랑하는 새가 한 마리 탄생하는 게 아닙니까. 그때부터 신열 오른 무당처럼 하룻밤 새 몇 점씩 만들어 냈어요. 타고난 재간이나 구상으로 만드는 게 아니라 작품 스스로가 그렇게 되려고 나를 끌고 가는 것 같았어요."

1993년부터 그는 나무주걱, 고무래, 낫, 초롱대, 제기먹통, 베짜기 솔, 빗장 같은 민속물로 오브제 작품을 만들어왔다. 누구의 보호도 받지 못하고 버려진 것들이 그의 손을 거쳐 가면 체열이 담긴 작품으로 변했다. 호미와 고무래가 만

동화가 그리는 동화童畵

나고, 징과 문짝의 빗장이 만나 놀랍게도 비례와 균형미를 이룬 작품이 됐다. 무엇보다 지키고 싶었던 건 조금이라도 원형을 훼손시키는 작품은 만들지 않겠다는 정신이었다.

인간이 잠시 자연에서 빌려 와 쓰는 것뿐이므로, 호미 그 안에 이미 '조각'이 되고 싶은 영혼이 깃들어 있으므로. "조상과 자연과 나의 합작품이죠." 그의 작품은 기억, 인간 존재, 체험적 삶, 구원…(글자로 써놓고 나면 참 낯간지럽

꽃은 어디서 왔을까 138cm×38cm, 2011

지만 그래도 늘 아껴두고 싶은 것들)에 대해 노래한다. 가만가만 이야기하는 그
의 작품 앞에서 그 목소리를 들으려면 마음에도 적당히 뜸이 들어야 한다.

그는 몬드리안도, 샤갈도 모르지만 지난해 귀신도 보인다는 여든 살을 넘
겼다. 그리고 작가로서의 영토를 더 넓혔다. 그동안 모아온 아름다운 옛 천의
색과 직조를 가지고 화면으로 구성하기 시작했다. 옛 천의 뒷면에 한지를 배접

하고 이를 오려내서 영감을 받는 대로 색면 구상을 한다. 그 평면 작품은 완전
히 추상이 되기도 하고, 이야기가 있는 그림이 되기도 한다. 천을 넓게 또는 작
게 잘라 화면에 콜라주한 작품은 때론 담담한 색채 그대로, 때론 강렬한 색채
의 대비로 캔버스 위에서 뛰어논다.

"세상이 점점 바빠져서 그런가, 좀 단순하고 좀 어리석은 내 작품이 사람
들에겐 이해가 되나 봐요. 난 직업 작가들처럼 작품에 목숨 걸 필요도 없고, 작
품으로 명예 얻고 싶은 나이도 아니고… 그래서 실패에서 자유로워요."

그의 작품은 장광설로 보는 이를 혼절하게 하지도 않고, 암호에 가까운
기호를 꽁꽁 숨기고 들어가지도 않는다. 그래서 보기 편하다. 서툰 동화처럼 보
이지만, 찬찬히 읽어보면 마음이 고요해지고 말랑말랑한 힘으로 무릎 펴고 일

어날 기운을 북돋는다.

　"대부분의 작가들은 구상에서 비구상으로 넘어가잖아요. 나는 솜씨가 서툴러서 구상을 못하다가 요즘엔 솜씨가 늘어 비구상에서 구상으로 넘어가고 있어요. 조각 천으로 꽃도 그리고 새도 그리죠. 그런데 처음에 했던 단순하고 어리석은 비구상이 더 좋았던 것 같아."

　그의 평면 작품을 두고 사람들은 마티스를, 샤갈을, 몬드리안을 떠올린다. 하지만 그는 마티스도, 샤갈도 잘 모른다. 모른다는 건 그들을 모방하려는 의도가 없다는 뜻이다. 우리 어머니들이 모네도 클레도 몰랐지만, 그들보다 더 대단한 비례미를 만들어 냈던 것처럼, 어머니들이 철학이나 지식 없이도 사랑과 생명을, 평화와 질서의 법칙을 만들어냈던 것처럼, 그도 어머니처럼 삶에서 얻은 인생이야기를 천위에 그저 놓아둔다. 그것으로 작품을 마무리한다. 그 작품은 아이에게는 옛날이야기처럼, 어른에게는 동화처럼 읽힌다.

『행복이 가득한 집』(2007)에서, 최혜경

옛것에서
찾아낸 새로움

허동화선생이 아티스트라는 사실을 아는 사람은 그리 많지 않을 것이다. 하지만 20차례에 가깝게 개인전을 열만큼 왕성하게 활동한 작가다. 워낙 자수와 조각보의 콜렉터라는 이미지가 강하다보니, 가려진 부분이다. 이 글을 쓰고 있는 동안에도 국립중앙의료원 갤러리에서 그의 전시회가 열린다는 카톡소리가 내 휴대폰을 울렸다. 구순의 연세이신데, 매일 카톡으로 나에게 무언가를 보내신다.

그의 뜨거운 예술의지를 엿보게 하는 재밌는 일화가 있다. 어느날 부인인 박영숙여사가 외출할 때, 허동화선생은 옷장에서 20벌의 옷을 꺼내서 녹색페인트로 그림을 그렸다. 황당한 이 이벤트에 대해 부인이 어떻게 반응했을까? 여러분의 상상에 맡긴다.

그에게는 '환경작가'라는 타이틀이 있다. 환경 친화적인 재료를 사용해서 작품활동을 하기에 환경운동가인 국민대 윤호섭 교수가 붙인 별칭이다. 부인의

옷에 그림을 그린 녹색페인트도 20년 전 독일에서 생산된 것으로 무공해 페인
트다.

　　"오! 우리 집 소죽고리가 새가 됐네."
　　"어? 작두가 용으로 태어났네."

　　처음, 그는 버려진 농기구와 어기구를 재
구성한 오브제를 선보였다. 그는 "허동화의 작
품이 아니라 조상이 자연과 같이 만든 작품"이
라고 겸손하게 설명한다. 그의 말을 빌리지 않
아도 그가 전통에 철저하게 의지하여 작품활
동을 하고 있는 것을 쉽게 알 수 있다. 그의
오브제는 언젠가부터 평면으로 바뀌게
된다. 최근에는 낡은 직물 조각을 붙여서
구성한 콜라주와 아크릴 페인팅 작업에
몰두하고 있다. "나의 미술선생은 옛 자수
요 옛 보자기다." 그의 말처럼, 그는 전통
의 장점을 살려 창작 의지를 불태우고
있다. 전통 속에서 자유와 창의를 피
워낸 것이다. 일본 히메지 강변미술
관 이와타 미키 관장은 "그의 작품은
완벽한 자유와 유쾌한 유머로 넘쳐난

거북이 운동장 30cm×77cm, 1994

다"라고 평가했고 10년간 연속 초대전을 열어줬다.

　　그의 작품을 보면, 감각적인 구성과 산뜻한 색채조합이 우리의 눈길을 사로잡는다. 옛 여인들이 간직한 예술적 DNA와 감각을 고스란히 물려받은 듯, 전통 자수와 조각보의 엣센스를 되살려내었다. 그런데도 불구하고 그의 작품은 현대적인 감각이 돋보인다. 그것은 기하학적인 조형을 날카롭고 명료한 이미지로 표현한 데서 나온다. 재료를 자로 대고 칼로 오려서 붙이거나 가위로 오려 붙였기에 디테일이 날카롭게 서있다.

　　어디서 이런 감각이 나올까? 그 이유를 추론하는데, 그다지 오랜 시간이 걸리지 않았다. 그는 젊은 시절 육사출신의 장교였다는 사실이 떠올랐다. 군인

당신! 77cm×57cm, 2007

의 엄격함과 정연함이 그러한 이미지를
가능케 한 것이다. 그의 작품에는 사소
한 것에 까지 미친 유물에 대한 애정, 군
인으로서의 엄격함, 따뜻한 휴머니즘 등
그가 살아온 여정들이 복합적으로 녹아
있는 것이다. 그러한 점에서 그의 작품
은 그의 다큐멘터리다.

　　그의 삶의 원천은 끊임없는 상상
력과 창의력이다. 그것이 그가 이 세상
에 존재하는 이유다. 그의 컬렉션이 세
계적인 관심사가 된 것도 이러한 상상
력과 창의력이 없이는 불가능했다. 지금
그는 직접 상상력과 창의력의 주체로 나
섰다. 구순연을 코앞에 두고 있지만, 양
평 작업실에서 쏟는 창작의 열정은 젊
음을 무색케 한다. 늘 그의 옆을 지켜온
부인 박영숙 여사는 허동화관장을 이렇게 말한다.

조각들의 무도회 142cm×56cm, 2009

　　"그이는 자기의 한계를 뛰어넘어 사시는 것 같아요. 늘 흥겹게 신나게 창
조적으로 살아가는 모습은 나의 기쁨이요 희망입니다."

정병모

도道를 닦는
도구道具로서의 오브제

　모세는 지팡이로 바위를 쳐 물을 흐리게 했다. 그리고 네르발은 시적 상상력에 의해서 싸늘하게 식은 돌덩이 속에서 수십만 년 전 화산이 폭발하던 때의 열기를 끌어낸다. 그러나 우리 허동화님은 아주 먼 옛날 남들이 쓰다 버린 나뭇조각, 쇠붙이 속에서 따스한 영혼의 숨결을 창조해 낸다. 그리고 그것은 모세의 지팡이와 네르발의 상상력과도 다른 무엇을 지니고 있다. 그것은 바로 사라져 가는 사물과의 따뜻한 대화를 통해서만 얻어 낼 수 있는 따뜻한 영혼들이며 그 체열이다.

　지팡이로 대상을 치거나 일방적인 꿈속으로 그 대상물을 녹여 버리는 것이 아니라 허동화님은 우선 그것들을 소중하게 만진다. 그렇게 해서 시간도 지우지 못한 그 오묘한 곡선과 살점처럼 손때가 묻은 그 두툼한 볼륨을 분간해 낸다. 이렇게 묵은 기구들을 만지작거린다는 것은 자신보다 그 물건을 만들었던 옛사람들의 손과 그 마음과 교감하는 일종의 주술이다. 그래서 그것이 녹슨 쇠갈고리거나 뭉툭하게 나무가 다 닳아 버린 다비라 할지라도 새로운 형태로 우리 앞에 다시 출현하게 된다. 그렇게 해서 옛날 농기구나 일상적인 그 기구들

은 원점에서 분해되고
해체되었다가 다시 결합
되면서 아주 작은 화음
을 만들어 낸다. 그러나
어느 것이 우리 선조들
의 손때가 묻은 것이고
어느 부분이 허동화님
의 손길이 새로 닿은 곳

엄마 고마워 78cm×53cm, 2008

인지 우리는 분간할 수가 없다. 집단과 개인, 옛것과 오늘 그리고 원형과 변형을
구분하려고 하는 노력 자체가 무의미해져버린다.

　　우리는 단지 허동화님의 작품 속에서 밭에서 피어오르는 흙의 이야기, 부
엌이나 헛간에서 들려오는 불과 바람의 속삭임을 듣기만 하면 된다. 그리고 바
다와 산골짜기에서 일생을 묻은 어부와 초부의 기나긴 사연과 거듭 태어나는
드라마를 보기만 하면 된다. 허동화님이 만들어 내는 그 화음과 드라마의 기술
은 한국 문화의 신비한 태반이라고 할 수 있다.

　　문화인류학자들은 인간의 원시적인 기술을 '브리콜라주'라고 부른다. 미
리 어떤 계획이나 의도가 있는 것이 아니라 눈앞의 소재들을 보면서 그 특성
속에서 연장이나 조각물을 만들어 내는 기술이다. 그 우연성과 사물성은 현대
인의 기술로는 도저히 이룰 수 없는 풍요한 생명력과 자연의 역동감을 불러일
으킨다. 원래 우리가 도구라고 부르는 것은 단순히 기능만을 위해서 존재하는
것이 아니다. 도구道具라는 말이 암시하듯이, 도덕이니 도리니 할 때의 그 도道자
가 들어 있으니 도구는 원래 종교적으로 도를 닦기 위한 기물을 의미했다.

허동화님이 다루고 있는 그 오브제의 세계는 바로 파손되고 마멸된 도구들에게 본래의 뜻을 부여하는 작업이며, 오직 기능적인 물질로 전락해 버린 오늘의 그 도구들을 준엄하게 비판하는 경고이기도 하다. 텔레비전, 냉장고, 자동차 같은 현대의 물건들은 단지 스크랩되는 것에 지나지 않지만 옛날의 일상적인 도구들은 지금 허동화님의 작품에서 보듯이 오히려 해체되면서 더욱 아름답고 새로운 생명력을 얻는다. 그 가능성을 극대화한 것이 바로 지금 우리 앞에 전시된 작품들이다.

바랜 보자기 속에서 한국의 미학과 그 문화의 값어치를 발견하고 보존해 온 허동화 님은 이런 전통 도구의 재생 작업에서 다시 그 이차원의 세계를 넓혀

동화가 그리는 동화童畵

삼차원 혹은 사차원의 입체적 세계로 확산시켰다. 뒤쌍이 변기를 있는 그대로 전시하여 우리에게 충격을 주었던 것과는 또 다른 의미로 허동화님은 거의 원형에 손을 대지 않고 재구성하는 방법으로 사물과 도구의 아름다움을 재창조했다.

그것들이 어디에 쓰던 도구인지, 어느 부분에

이어령 초대 문화부 장관과 함께
조우 73cm×61cm, 2008

서 떨어져 나온 쪼가리인지 그 구성물의 자료 하나하나에 대해서 궁금증을 갖는 것 자체만으로도 분명 이 같은 전시회는 우리의 가슴을 설레게 한다. 더구나 기억의 파편과 생활의 녹슨 그리고 역사의 카탈로그 저편에서 허동화 님의 번쩍이는 기지와 소박한 상상력과 그 유머러스한 구성력을 직접 만나 볼 수가 있다.

그러나 무엇보다도 우리가 이 전시물을 보면서 잊어서는 안 될 것이 하나 있다. 그것은 기나긴 시간과 꾸준한 인내심 그리고 사라져가는 것과 사소한 것들에 바치는 애정의 소중함이다. 그것은 어떠한 천재성보다도 더욱 창조적이며 값진 것이라는 교훈을 우리는 이 전시회를 통해서 실감할 수 있다.

🌸 이어령

도道를 닦는 도구道具로서의 오브제

5

규방여인에게
말을 거는 남자

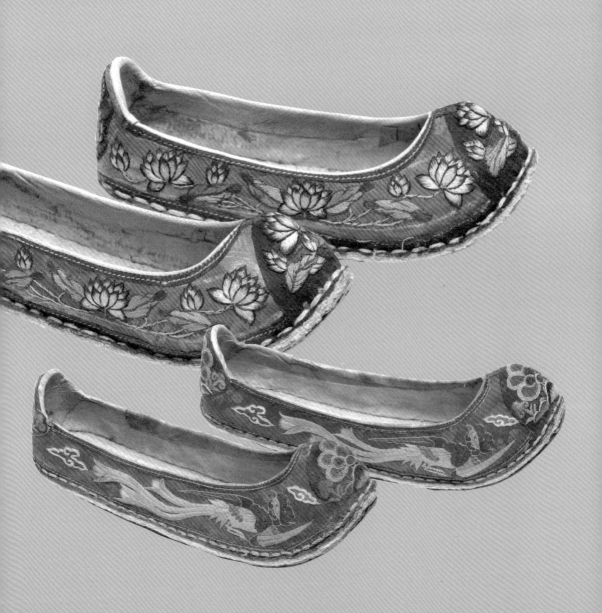

그리운 고향 산천은 첩첩이 만봉으로 막히고
가고 싶은 마음은 꿈속에 끝없구나
한송정 정자가에 달빛만이 외로웠고
경포대 앞에서는 한바탕 바람 불었지

모래 위에 해오라기 모였다간 흩어지고
바다 멀리 물결 타고 고깃배들 오며가며
언제 다시 임영길을 밟아 보고
어머니 곁에서 함께 비단옷 바느질하리

어머니를 생각하며(事親) / 신사임당

하늘이 준 아내

예로부터 좀 모자라는 사람을 팔불출이라 했다. 특히 아내와 자식 자랑을 일삼는 사람을 못난이로 여겼는데, 아마도 겸손을 미덕으로 꼽았던 우리 조상이 교만함을 경계하라는 뜻으로 전해 준 말이 아닌가 한다. 그런데도 내 삶을 세상에 드러내 놓으면서 굳이 아내 얘기를 들먹일 수밖에 없는 까닭은 아내를 빼놓고는 내 삶을 온전히 말할 수 없기 때문이다.

오랫동안 나는, 아내는 내가 선택해서 나의 아내가 되었다고 생각하며 살아왔다. 이 땅의 남자라면 으레 갖게 마련인 우월감이었다. 그런데 생의 대부분을 자수와 보자기 등 우리 것을 모으고 연구하고 전시하면서 차츰 깨달았다. '아, 아내는 하늘이 내게 보내준 이로구나. 아내가 아니었다면 내 삶은 어찌 되었을까.' 아내는 내가 평생 이 일을 할 수 있도록 길을 터 준 길잡이며 버팀목이다.

치과 의사인 아내는 틈만 나면 초나 석고로 치아 모양을 깎았다. 어느 날인가, 거실 창 앞 쪽에서 따뜻한 오후 햇살을 받으며 석고를 깎는 아내를 보았다. 아내는 조각가가 되어도 손색이 없을 만큼 손재주가 좋다. 도치^{陶齒}라 하여 도자기 인조 치아나 치아 새가 뜰 때 끼워 넣는 누바 같은 치아 모형과 색깔을 정확하게 만들기로도 유명하다. 치과 병원이 북향이어서 늘 조명등 밑에서 작업을 하곤 했는데, 그날따라 태양빛 아래에서 석고를 깎는 아내의 모습은 치과 의사로서의 모습보다 아름다웠다.

미술을 공부해서 조각가가 되고 싶지 않느냐고 아내의 마음을 슬쩍 떠보았다. 하고만 싶다면 도와주겠다는 말도 덧붙였다. 아내는 미소를 지었다. 그리고 의사라는 직업이 미술 공부를 할 만큼 한가롭지 않다고 말했다. 아내는 이미 의사라는 직업인이고 취미 삼아 조각을 하기엔 조각가가 너무 많은 정력과 노력과 시간을 요구했다. 나는 아내와 함께 하며 즐길 수 있는 일을 생각했다. 흔한 말로 바깥일에 애쓰는 아내를 돕고 싶었다.

미술품을 수집하는 것도 아내를 위한 일이 아닐까 생각했다. 예술에는 창조하는 이도 필요하지만 그것을 제대로 돌보고 감상할 줄 아는 사람도 있어야 하는 법이다. 아내 곁을 예술품으로 꾸며 준다면 의사 일에 지치고 퍽퍽 해진 생활에서 시원한 바람 같은 것을 느낄 수 있지 않을까.

가끔 왜 수집을 했느냐는 질문을 받곤 한다. 그때마다 '아내를 돕기 위해서' 라는 말로 눙치곤 하는데 아내 듣기 좋은 말로 들리겠지만 진심이 그렇다. 늦었지만 아내도 이 말에 동감한다. 수집을 하려면 경제적인 여건이 따라야 하는데 돈이 필요할 때마다 아내는 선뜻 내주었고, 기증으로 사회에 환원해야 할 때도 기꺼이 동의해 주었다. 어떻게 내 능력으로 이런 아내를 얻을 수 있을까. 천만 부당하다. 믿건대 아내는 신의 섭리로 내게 보내진 것이 분명하다.

규방 여인에게 말을 거는 남자

　　얼마 전 여성신문사에서 우리를 '명예평등 부부'로 선정해 주었다. 우스갯
소리로 내게 무슨 자격이 있느냐며 거절할 생각이었다. 집안일이나 자녀의 일
에 대한 의사 결정 등 말하자면 실력 행사를 하는 자리는 늘 아내에게 내주기
때문이다. 돌이켜보면 불평등하기는 했으나 가정의 평화를 지키는 데 큰 몫을
한 셈이다.

　　처음에 사람들은 어떻게 결혼하게 되었느냐고 묻기를 주저했다. 아내의

이력은 화려한 데 비해, 내 처지가 영 기울어 보이니까 묻는 게 미안한 낌새였다. 그런데 요즘엔 만나는 사람마다 궁금증을 노골적으로 드러내고 결혼하게된 경위를 소상히 밝히라고 성화다. 이제 물어도 괜찮겠다고 여긴 모양이다. 뒷날 들은 얘기지만, 동창생이자 아내의 절친한 친구였던 옥성숙 씨와 정희경 씨는 결혼식장에서 영숙이가 보잘것없는 남자한테 시집간다고 울었다고 한다.

아내는 서울대 치대를 나왔고 옥성숙 씨는 연대 영문학과를 졸업한 문학소녀였고, 서울사대를 나온 정희경 씨는 훗날 이화여고 교장이 된 재원이었다. 그야말로 쟁쟁 소리가 날 만큼 호기로운 처녀들이었으니 당연했다. 그런데 요즘은 영숙이처럼 계산 않고 무작정 결혼해야 한다는 말을 한다니 즐겁다. 그러나 그 오랜 세월 동안 부부 생활이 평안했던 것은 내 노력, 내 능력 밖이며 신의 은혜라고 밖에는 말할 수 없다.

규방 여인에게 말을 거는 남자

내 이름 허동화를 직역하면 '실속은 없으나 동쪽에서 화려하게 빛나는 걸 허락한 사람'이며, 아내 박영숙은 '영원히 정숙해야 하는 사람'을 뜻한다. 사람이 꼭 그 이름값을 하는 것은 아니겠으나, 이름은 마치 주술과 같아서 살아가다 보면 그 사람 꼴과 닮기도 한다. 그래서 옛 어른이 이름 짓기에 정성을 다하지 않았나 싶다. 아무튼 처음 만나던 그 순간부터 지금까지 아내는 내게 정숙하고 아름다운, 단 하나의 여인이다.

전쟁 중 현역생활을 하고 있을 때였다. 서른 살이 되도록 떠돌이 생활을 하던 나는 친구의 아내인 박원일 씨 소개로 아내를 만났다. 부유한 집안 태생인 아내는 서울대 치대생이었다. 서울대 치대는 당시 4년제로 한국은행 뒤쪽 소공동에 있었다. 그곳 교정으로 박원일 씨와 함께 아내를 만나러 갔다. 먼발치에서 아내는 큰 목소리와 시원한 외모로 다가왔다. 여러 말이 필요하지 않았다. 그 자리에서 나는 아내에게 반하고 말았다. 그러나 결혼하기까지의 과정이 마냥 순탄하지만은 않았다.

특무대의 조사과장인 아내의 오라버니가 내 뒷조사를 했다. 군인이 나쁘게 인식되지 않던 시절이었다. 공산주의라면 치를 떨며 레드 콤플렉스에 걸려 있던 때였으니, 사상 하나만은 철저한데다가 건강 또한 믿을 만한 나였다. 그런데 어째 그런 일이 있었는지 모르나 공교롭게도 그는 인천에 근무하는, 나와 비슷한 허 모씨의 신원을 조사해 갔다. 그 사람 신원이야 형편없었고, 진짜 나에 대해 다시 알아 봤지만 탐탁지 않기로는 마찬가지였던 모양이다. 아내 집안에서는 쌍수를 들고 반대했다. 하지만 물러설 수가 없었다.

가끔 생각하는 것인데, 사랑의 여로에는 풀 길 없는 인연의 신비가 도사리고 있는 것 같다. 그렇지 않고서야 첫눈에 영혼을 사로잡는 따위의 비과학적이고 비논리적인 일이 사람 사이에 어찌 일어날 수 있을까. 좀 유치하긴 하지만, 아무튼 내 사랑도 그렇게 시작되었다. 이미 아내는 내 인생에 들어와 있었고, 그건 돌이킬 수 없는 사랑의 시작이었다. 부리나케 친분이 있던, 당시 권세가 당당했던 국방위원장 송우범 씨를 찾아갔다. 이러저러하게 아내의 집안과 껄끄러우니 해결해 달라고 부탁했다. 간곡한 내 청을 거절하지 않고 송 위원이 선뜻 나섰다. 송 위원이 나타나자 특무대는 발칵 뒤집혔다. 무슨 야단이 떨어지는 줄 알았다가 내 부탁으로 송 위원이 파견된 사실이 밝혀지고 그 다음이야 말하나 마나 일사천리였다. 인생의 중대한 고비였던 그 때를 돌아보면 하늘이 내게 아내를 점지해 줄 때 시련도 함께 주었다는 생각이 든다.

그렇게 해서 아내가 된 그녀는 평생 날 뒷바라지해 왔다. 10여 년 동안 공직생활을 했는데 공직생활을 하다 보면 본의든 아니든 얼마간 뇌물을 받거나 과오를 범하게 된다. 그러나 아내의 경제적 여력을 믿고 소신껏 일할 수 있었고, 그 덕에 깨끗한 공직 생활을 한 인물이라는 평도 들었다.

규방 여인에게 말을 거는 남자

그러나 무엇보다 수많은 작품을 사 들이는데 드는 돈을 아내가 충당해 주었다. 한 번은 준비된 돈이 없어서 급한 김에 아내 금붙이를 들고 나가기도 했는데, 금붙이가 없어진걸 알고 집안이 발칵 뒤집힌 적도 있었다. 어찌 보면 속 없는 행동일 터인데도 아내는 싫은 소리

를 별로 하지 않았다. 그러니 내 고질적인 수집벽은 미더운 아내로 인해 가능했다고 할 수밖에 없다.

　이 소중한 여인을 위해 평생을 받들어 산다 해도 부족하고 안타까운 마음뿐이다.

　　　　　　　　　　　　　　　　　　　　🌸 허동화

한복으로 시작된 부부 민간외교

우리 모습이 가장 우리다울 때는 언제일까. 가끔 이런 생각을 해본다. 서울이나 뉴욕이나 어느 도시를 가봐도 빌딩 숲과 네온사인 물결로 색다른 면모를 보기 힘들고, 거리를 오가는 사람도 유니섹스라 하여 남녀 구별이 어렵다. 남자와 여자, 도시와 시골, 나라와 나라의 경계가 무너지면서 차별 대우가 없어져 좋아진 점이 어디 한두 가지랴. 그런데 개성의 다양함에서나 볼 수 있는 매력이 사라져 버린 건 아닐까 아쉽다. 외국의 전시 개관 행사 때면 굳이 옷차림에 신경 써 꼭 한복을 입고 참석하는 것도 이러한 까닭에서다.

오래 전 한복을 잘 짓기로 유명한 이리자씨한테 아내와 함께 한복을 맞췄다. 그이가 만드는 한복은 화려하지 않고 전통에서 벗어나지 않아서 특히 마음에 들었다. 한 가지 흠이라면 좀 비싸다는 거였다. 그래 궁색스럽지만 그이가 지어 준 한복을 동대문 시장 통 한복집에 갖다 보여 주고 그대로 여러 벌 만들어서 입는다.

한복은 어느 나라 의상보다 개성이 강하고 아름답다. 곡선미가 두드러지

고 색상의 아름다움이 돋보인다. 그래서 늘 경험하는 일이지만 한복을 입고 여러 사람 앞에 나타나면 항상 이목을 끄는 대상이 되고 만다. 특히 아내는 한복을 입으면 맵시가 난다. 계절에 맞는 한복을 차려입고 자수로 된 노리개를 저고리 앞섶에 달고 쪽찐 머리에 긴 비녀를 꽂고 나타나면 마치 옛 여인 같다. 나도 아내에 걸맞게 한복을 입는데 늘 상투를 틀지 못해 애석해 한다. 한복 입은 여인이 커다란 꽃이나 나비 같다면 남정네에게서는 구름이나 학 같은 기분이 느껴진다.

우리 내외가 행사장에 나타나면 으레 그 자리의 주인공이 되었는데 이는 다 한복 덕택이라고 생각한다. 그러다 보니 한복에 얽힌 일화가 많다. 10여 년 전에 일본 도쿄 민예관에서 보자기 명품전 행사를 치를 때였다. 첫날 개관 행사에서 보자기에 대한 강의와 작품 설명을 하고 질문이 있느냐고 물었다. 그런

데 정작 강의보다는 내가 입고 있던 옷에 관심을 보이며 예복이냐 평상복이냐 묻고 벗어 보라고도 했다. 입고 있던 두루마기를 벗어 훌훌 털어 앞뒤를 보여 주었다. 그리고 마고자, 조끼, 저고리까지 벗어 보였다. 바지도 벗어 보이라고 묻자 저들도 우스웠는지 그 자리는 웃음바다가 되었다.

그리고 1990년 가을에 일본 소게츠 미술관에서 조각보를 전시할 때, 『일본경제신문』에 우리 자수박물관 소개와 박물관 운영이 어려운 점과 함께 조각보 전시에 대한 짤막한 글을 기고했다. 경제 전문지인데도 문화란이 상당히 인기 있는 신문이라고 했다. 그 글을 읽은 교토의 도노이치라는 일본 전통의상 회사 사장이 무조건 우리 박물관을 후원하겠다고 연락해 왔다. 어리둥절할 뿐 무슨 뜻인지 감이 잡히질 않았다. 우리 박물관이 재정난으로 어렵긴 하지만 일본의 전통의상 회사에서 지원금을 받는다는 건 생각도 못해본 일 이었다. 그들의 고마운 지원 용의를 거절하지 않고 해마다 2000만 원씩 후원금을 받았다.

그후 3년이 지나 그 회사의 창립 130주년 기념행사에 초대되어 우리 내외는 주빈석에 앉게 되었다. 150여 지사를 거느린 전통의상 회사의 창립 행사로, 일본 방방곡곡에서 옷 장사가 모이는 자리라 여간 신경 쓰이지 않았다. 화려함만 가지고 말한다면 일본 전통 의상처럼 화려한 옷도 드물 터였다. 긴장감마저 생겼다. 그런데 그 자리에 나타나는 귀빈은 대부분 나이도 지긋하고 수수한 옷을 걸치고 있었다. 마음이 좀 풀어졌다.

사장의 인사말에 이어 의상쇼가 열렸다. 그때 참 이상한 일이 벌어졌다. 사람들은 일본 의상 쇼보다도 우리 내외의 옷에 더 관심을 보였다. 행여 말을 건넬 기회라도 오면 우리 옷을 찬사하는 한마디를 잊지 않았다. 온통 일본 의상이 물결치는 데서 한복이 유별나 보이기도 했을테고 또 인사치레가 담긴 말이었을 수도 있다. 그러나 그런저런 이유를 다 빼고 공정하게 보더라도 한복은 정말 멋스럽고 우리다운 옷이다.

또 떠오르는 일이 있다. 1995년 봄에 샌프란시스코의 아시아예술박물관에서 '색의 향연'이라는 주제로 전시회가 열렸다. 그런데 개관 만찬에서 일본인 2세인 사노 박물관장이 흘끔거리며 아내의 옷자락을 만지작거렸다. 한복이 입고 싶은 모양이라고 짐작하고 여벌이 있으니 그 한복을 주겠다고 하자 몹시 좋아했다. 기왕 생색내는데 노리개며 가락지, 버선, 속옷까지 한복 일습을 챙겨 주었다. 좀 허전했지만 잘한 일이라고 생각했다. 그리고 그 일은 까맣게 잊었다.

규방여인에게 말을 거는 남자

어느 날 샌프란시스코 박물관에서 기증서에 사인하라는 편지가 날아들었다. 아내 한복을 샌프란시스코 박물관 수집품으로 했으면 좋겠다는 내용이었다. 한복이 필요하면 다른 한복 여러 벌 보내 주겠다고 했더니, 한복이 필요한 것이 아니라 아내의 한복을 원한다고 했다. 그렇다면 내 것도 필요하냐고 되물었더니 기증해 주면 정말 고맙겠노라는 답장이 와서 샌프란시스코 박물관 전시 개관 행사 때 입었던 한복, 두루마기, 마고자, 대님, 허리띠 등 일습을 갖추어 챙겼다. 그리고는 조끼에 달았던 백금 단추를 보낼까 말까 망설였다. 사실 박물관 수집품이라면 굳이 비싼 백금 단추가 아니어도 될 듯했다. 백금 단추를 표시나지 않게 떼 내고 인조 단추를 감쪽같이 달아서 보냈다. 그런데 보내고 나서 두고두고 마음이 켕겼다. 꼭 속임수를 쓴 것 같아 못내 께름칙했다. 늦게라도 추가로 백금 단추를 보낼까 궁리했지만 그것도 못할 짓 같았다. 결국 돈에 어두웠던 마음을 탓하며 반성하는데 멈추고 말았다.

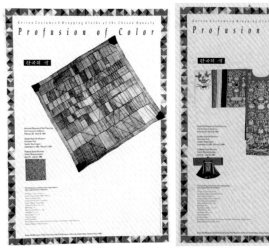

피바디 엑세스박물관, 보스톤 1996. 4. 25. - 7. 22.

　　1996년 봄부터 여름까지 피바디 엑세스박물관에서 한국 전통자수 전시회를 열면서 미국인의 수집 행위와 그 의미를 곰곰이 생각하게 되었다. 피바디 엑세스박물관에는 100년 전에 미국으로 신학문을 배우러 갔던 유길준의 한복이 수집품으로 전시되어 있었다. 박물관을 둘러보다가 유길준의 옷을 발견한 나의 마음이 어떠했겠는가. 이미 그들은 100년 후를 내다보고 조선에서 온 유학생의 옷을 기증받았던 것이다. 그저 옛것, 값나가는 것만 수집하기에 급급한 우리와는 달랐다. 앞을 내다보고 수집하는 일이 거의 없는 우리 풍토를 되돌아보게 되었다. 아마도 샌프란시스코 박물관에서는 우리 내외의 옷을 전시하고 그 밑에 100년 전 한국자수박물관 관장 허 아무개가 와서 전시, 연설하고 기증한 옷이라는 설명을 붙여 놓을 것이다. 그렇다. 그들은 수집과 더불어 역사를 기록하고 있는 셈이다. 역사는 과거만 쓰는 게 아니라 현재와 미래도 더불어 써야 하는 게 아닐까.

우리 옷 얘기를 하다가 삐딱하게 옆
으로 좀 샜다. 수집가와 박물관 운영자로
살다 보니 이리저리 얽히는 일이 많아 생
각도 갈라져 엉뚱한 곳으로 흐르곤 한다.
아무튼 우리 옷은 겉옷뿐 아니라 속옷도
얼마나 멋스러운지 고쟁이를 수집하면서
알았다.

고쟁이라는 말 자체를 들먹이는 걸
남성 세계에서는 아주 저속하게 생각한
다. 고쟁이야말로 여자 속옷의 대명사였으
니 당연하다. 고쟁이에 대한 관심은 고쟁
이 중 상당수가 누비로 되어 있어 누비문화

를 확인하는 작업에서 시작되었다. 여자 속옷이라 그런지 아
니면 그다지 가치가 없다고 생각해서인지 몰라도 고쟁이는 빠른 속도로 사라
져 버려 발견하기 어렵다. 그나마 70년대에 골동상에서나 더러 볼 수 있었다.
일반인이나 수집가한테 천대받던 고쟁이를 주섬주섬 모아들여 어느새 사오십
점이 된다.

하루는 고쟁이를 죄다 꺼내 놓고 비교해 보았다. 누비 문화의 하나로 고
쟁이를 살펴보다 여러 가지가 궁금해졌다. 그래서 우리 복식에 대한 글 가운데
속옷에 관한 것을 찾아보았으나 한복의 겉옷에 대해서는 미학적 측면, 실용성,
기능성 등 다양한 방면에서 연구한 글이 많아도 드러나지 않는 속옷까지 옛날
식으로 갖춰 입는 법을 소개해 놓은 글은 없었다.

활옷
113cm×146cm, 19C

하는 수 없이 모아 놓은 고쟁이를 죄다 늘어놓고 요모조모 살폈다. 모르는 사람이 그 꼴을 보았으면 좀 남우세스럽고 몰취미라고 싸잡아 매도했을지도 모른다. 옛 어른들은 규방과 부엌에서 이루어지는 여인의 온갖 삶에 대해서는 몰라야 사내대장부로 여겼다. 오죽하면 부엌에만 들어가도 불알 떨어진다고 윽박질렀을까. 그러한 생각은 지금도 면면이 이어져 오는 듯하다. 안방과 사랑방은 단지 주거 상으로 떨어졌을 뿐 아니라 문화적으로도 별세계였다. 하물며 여인의 속옷에 대한 궁금증이라니, 점잖지 못한 사내로 여길 게 분명했다.

그러거나 말거나 우리 여인의 아름다운 옷맵시를 얘기하는 자리에서 고쟁이를 빼고는 다 말하지 못하는 셈이다. 삼국 시대에만 해도 여자는 바지를 입었다. 그러다가 조선 시대에 접어들어 치마를 입었고 바지는 속옷이 되었다. 치마란 여자의 상징물이고, 기능적이고 실용적인 용도로 속에 바지를 입었다.

조선 여인의 복식미는 하체를 부풀려 엉덩이가 마치 종을 업어 놓은 듯한 독특한 모양새에 있다. 그러려면 속옷을 무려 예닐곱 벌을 껴입어야 했다. 다리속곳, 속속곳, 바지, 단속곳 등이 그것이다. 고쟁이는 속곳 중에서 밑이 트인 바지다. 즉 입으면 트인 밑이 오므라지고 옆을 펼쳐서 용변을 볼 수 있도록 되어 있다. 겨울용 누비 고쟁이는 긴 수명과 보온을 위해 만들었다. 그러나 무엇보다 고쟁이는 엉덩이를 풍만하게 보여 성적 매력을 드러냈다. 겹바지로 입어도 손색이 없을 만큼 현대적인 감각으로 만들어진 것도 있다. 이 고쟁이는 우측 허리에서 발목까지 길게 뜬 공간을 이용해서 용변을 보도록 되어 있는데, 단추의 배열이나 터진 구조 등이 더할 수 없이 현대적이다. 간혹 유행에 따라 주름을 넣어 만든 예쁜 주머니를 단 것도 있다.

1990년 10월 소게츠 미술관에서 모시 비단 조각보전이 열렸을 때, 기념 만찬장에서 우연히 이세이 미야케라는 세계적인 디자이너를 만났다. 그에게 나를 소개하니 깜짝 놀라 반색하며 작품 도록을 가져오도록 했다. 무슨 영문인지 몰랐다. 그는 도록을 펼쳐 보이며 자수박물관의 자료에서 영감을 얻은 작품이라고 설명했다. 고쟁이 비슷한 작품이었다. 『규중 공예 Craft of the Inner Court』라는 영문 도록에 누비 문화를 소개하면서 고쟁이에 대한 설명이 있었는데 아마도 그 책을 접한 듯 했다. 그가 고쟁이의 현대적인 아름다움을 발견했던 것이다. 우리 선조의 감춰진 속옷에서 디자인 감각이 얼마나 뛰어난지를 실감한 경우였다.

픽 오래 전에 이리자 한복쇼에 초대받은 적이 있었다. 모델은 한결같이 페티코트 위에 한복을 입고 높은 구두에 파마 머리였다. 거부감이 생겼다. 이리자 씨에게 한국 의상 쇼에서는 고쟁이를 입고 머리는 쪽을 지고 비녀를 꽂아 고전적인 아름다움을 드러내야 하지 않겠느냐고 권했다. 철사로 만든 페티코트는 몸집에 비해 지나치게 엉덩이를 강조해서 아름다움을 느끼기보다는 부자연스러움만 더했다. 그러나 고쟁이는 몸집에 알맞게 엉덩이가 커져 보이므로 여체의 매력이 한껏 드러나게 된다. 한복이 고전에 가까운 아름다운 모습으로 자리잡는 데는 고쟁이가 큰 몫을 한다고 생각한다.

🌸 허동화

딸자식 같은
수집품을 떠나보내며

서울 강남구 논현동 사전치과원장 박영숙 씨는 아직도 문득문득 가슴 한편이 허해진다. 다듬잇돌의 감촉이 눈물나도록 그리워지기 때문이다.

"딸을 시집보낼 때 어미의 마음, 꼭 그런 심정입니다. 하지만 후회해본 적은 한 번도 없었어요."

박 씨는 최근 평생 수집한 유물 628점을 국립중앙박물관에 기증했다. 그가 기증한 유물은 다듬잇돌 471점을 비롯해서 돌화로, 자개 반짇그릇, 인두, 가위, 다리미 등 가정에서 쓰던 전통 용구들이다. 그에게는 수십 년을 하루같이 조석으로 '쓸고 닦아온' 정든 애장품들이었다.

박 씨가 다듬잇돌을 모아온 햇수는 스무해가 족히 넘는다. 을지병원 치과의로 근무하고 있던 74년께 그에게 별난 취미를 권유한 사람은 남편이었다. 박 씨의 남편은 현재 사단법인 한국박물관 협회장이자 자수 박물관장인 허동화 씨다.

"직업상 틈만 나면 했던 일이 기공이었습니다. 치아의 본을 뜨는 일이죠. 그런데 어느 날 남편이 옆에 와서 그러더군요. 미학공부를 하면 좀 더 좋은 치과의사가 될 수 있을 거라고요."

박 씨가 수집품목을 돌로 정하기까지에는 별 고민이 필요 없었다. 치아를 만지는 일과 돌을 다듬는 작업은 아주 닮은꼴이라는 생각을 했다. 거기다 남편의 수집품인 자수와도 더 없이 잘 어울리는 규방유물이라는 데까지 생각이 미쳤던 것이다.

그날부터 박 씨는 전국 방방곡곡으로 부지런히 다리품을 팔고 다녔다. '잘 생긴' 다듬잇돌이 있다는 소문을 들으면 그곳이 어디든 쫓아가 눈으로 확인해서 손에 넣어야만 잠이 왔다.

"엄살이 아니라 정말이지 어려운 일들이 참 많았습니다. 다행히 그럴 때마다 남편이 곁에서 힘이 돼주었지만요."

어느 해 겨울, 전라도 한 산골마을로 다듬잇돌을 수소문해가는 길에 꼼짝없이 발을 묶었던 폭설은 지금 생각해도 아찔하다. 교통사고로 죽을 고비를 넘긴 적도 몇 번 있었다.

20년 동안 손때 묻혀온 수집품들을 내놓는 데는 망설임이 없을 수 없었다. 하지만 어쩔 도리가 없기도 했다. 옥상에 모아둔 600여 개의 수집품들의 무게가 12t이 넘어 몇 해 전부터는 하중을 견디지 못해 건물 벽이 쩍쩍 갈라지기까지 했다. 세월의 흔적이 고스란히 묻어 있어야 하건만, 옥상에 야적돼 있어 반질반질한 손때가 벗겨져 가는 것도 속상했다.

"지난 가을쯤이었어요. 문득 이젠 놓아줄 때가 됐구나 하는 생각이 듭디다. 처음엔 지방의 한 대학에서 탐을 냈지만, 결국 국립중앙박물관에 기증키로 마음을 정했어요. 좀 더 많은 사람들이 감상할 기회를 주자는 생각이었죠."

무엇보다 다듬잇돌은 종류가 무척 다양해 전통 다듬잇돌의 재질 문양 등을 연구하는 데 귀중한 자료가 될 것이란 확신도 했다.

총 기증품 628점의 시가는 30억 원 정도. 물론 대가야 단 한 푼도 바라지 않았다. 대신 국립중앙박물관측에서 오는 2003년 완공될 용산 새 박물관에 100평 규모의 '박영숙실'을 따로 마련해 주겠노라고 통보해왔다.

"새로 짓는 국립중앙박물관에는 유물기증자들을 위해 20여개의 개인박물관을 마련한다고 합니다. 해외 문화선진국들처럼 유물기증 풍토가 널리 확산됐으면 좋겠어요."

박 씨는 또 다듬잇돌을 모을 작정이다. "노안으로 치과진료가 도저히 불가능할 때까지 악착같이 돈을 모으고, 돌이 무거워 들어 올릴 수 없을 그날까지 전국의 다듬잇돌을 죄다 사 모으겠다."라며 환히 웃는 박 씨다.

『중앙일보』(1997. 4)에서, 황수정

열정과 혼의
수집가이자 예술가

끊임없이 모으기, 쌓아두기, 수집품 정리하기, 작품의 마음읽기. 진정한 수집가는 이러한 것들 이상의 것을 가지고 있다. 약간의 독특함 혹은 괴벽, 뜨거운 열정, 날카로운 눈, 그리고 수집하는 대상에 관한 해박한 지식이 그것이다. 물론 수집품을 보관, 전시할 공간도 소유해야 한다.

한국자수박물관 허동화 관장님은 위의 모든 특성을 갖추고 있다. 수집가의 기본적 특성에 그의 사랑과 따뜻함이 합쳐져 그분 자신이 하나의 '보물'이 되신 분이다. 허동화 관장님은 한국자수박물관을 설립하여 한국여인들의 규방문화를 널리 알리고 보존하기 위해 반평생을 바치셨다. 특히 그의 열정은 사람들이 지나치기 쉬운 소박한 보자기에 있다. 허 관장님과 박영숙 여사께서는 보자기의 역사와 보자기를 만든 조선시대 민초 여성들에 대한 연구에 지대한 공헌을 하셨다.

1978년 한국국립중앙박물관의 '전통자수 오백년'은 허 관장님께서 큐레이터 역할을 담당한 전시로써 이름 없는 조선여인들의 빛나는 정신과 재능을 일반대중에게 알리는 계기가 됐다. 이 전시는 한국 국민의 자긍심을 높였을 뿐만 아니라 보자기가 한국의 중요한 문화적 자산으로 인정되는데 크게 기여했다.

지난 삼십여 년 간 보자기와 자수의 해외전은 미국·독일·영국·프랑스·이탈리아·벨기에·일본·호주 등에서 수십 회 전시됐고 2005년 처음으로 뉴질랜드에서도 전시를 하였다. 보자기의 소박하고도 신비한 아름다움이 문화의 차이와 국가의 벽을 뛰어넘어 하나 된 마음을 이룰 수 있을 것이라는 허 관장님의 믿음이 이 모든 성공적인 해외전시의 초석이었다.

허동화 관장님은 오랜 세월을 보자기와 다른 규방문화재의 수집과 보존, 홍보에 애써온 분이지만, 그분 자신이 상당한 미술계의 주목을 받아온 성공적인 작가이기도 하다. 한국의 전통적 지혜와 테크닉, 그리고 농기구 등의 다양한 한국의 레디메이드 오브제를 결합하여 신선한 영감이 깃든 조각 작품을 창조했다. 허 관장님은 수많은 농기구와 문살 그 밖의 다른 많

조각 옷보 100cm×100cm, 19C

은 골동품을 수집했다. 그러나 예술가로서 그의 어셈블리지^{Assemblages} 오브제는 미학적으로 균형의 조화를 이룰 뿐만 아니라 기쁨이 넘쳐난다. 버려진 혹은 잊혀진 옛 물건에 새 숨결을 불어 넣어 당당한 작품으로 탄생시키는 허 관장님은 농기구, 문살, 상여장식 등의 골동품을 수집해 왔다. 이러한 잊혀진 앤티크들로 재구성한 그의 오브제들은 놀랍게도 비례와 균형의 미美를 가지고 있을 뿐 아니라 각기 독특한 기쁨을 담고 있다. 헌 것, 잊혀져가는 물건에 새 영혼을 불어 넣는 기쁜 일이다. 대부분의 사람들이 낡은 호미를 버려진 농기구로 볼 때, 허 관장은 그 낡은 호미 안에 들어있는 '조각'이 되고 싶은 영혼을 느끼는 것이다.

한국의 전통적 미학은 중국이나 일본과 다르게 '자연형태 그대로 살리는 것'에 바탕을 둔다. 재료와 소재를 최대한 살리면서 예술가는 인위적 작위적 표현들을 최소화하려 노력한다. 허 관장님의 작품을 보면 그가 얼마나 절실히 각 사물의 목소리에 귀 기울여 왔는지가 보인다.

그의 기독교신앙 또한 영감의 원천이다. 그의 예술행위는 일종의 균형잡힌 구도행위이기도 하다. 우리는 그의 작품에서 아주 특별한 기쁨을 느낀다. 허동화 관장님의 조각들은 서양미술사에서 마르셀 뒤샹^{Marcel Duchamp}이나 파블로 피카소^{Pablo picasso}의 레디메이드^{ready-made}작품들에 비견될 수 있다. 그러나 그의 미학적 원천은 서양미술이 아닌 동양적 세계관에서 기인한다.

재생과 보존은 허 관장님에게는 큰 의미를 지닌다. 기독교에서 인간들이 한 생生을 지나 또 다른 세계로 나아가듯이 허 관장님 작품 속의 사물들도 새로운 세계로 들어가는 것이다. 그의 작품 중 '새가 되고 싶은 나무'나 '나무가 되고 싶은 새'에서처럼 그 제목에서부터 새로운 세계에 대한 깊은 은유를 느낄 수 있다.

수집가와 예술가로서의 허 관장님에게 한국의 유구한 역사와 문화는 항상 뿌리가 된다. 평범하고 소박한 것들에서 아름다움을 발굴해내는 것이 얼마나 큰 기쁨인지 그는 안다. 보자기와 더불어 그의 작품 속에 내재된 독특한 형태, 강렬하고도 우아한 색감은 놀랄만하다. 이렇게 그의 연구, 열정 그리고 예술성에 의해 만들어진 그의 작품은 한국의 깊은 역사를 느끼고 한국 여인들의 창의력에 겸허해지게 하는 힘을 지닌다. 열정과 창의력으로 살아온 그를 통해 우리는 문화의 나라 한국과 새롭게 만난다.

『새와 같이 산다』(2001)에서, 리파 윌슨Leafa Wilson
뉴질랜드 와이카토박물관 큐레이터

규방여인에게 말을 거는 남자

나무가 되고 싶은 새 104cm×230cm, 1999

규방 여인에게
말을 거는 남자

　　남자는 여자가 하는 일을 몰라야 하고, 부엌에만 들어가도 불알 떨어진다는 소리를 하는 사람들이 아직도 있으니, 여든이 넘은 그가 수집할 당시는 더 말할 것도 없겠다. 궁금했다. 여자들에 대한 편견이 심했던 때에 그는 왜 '여자들의 것'에 관심을 갖게 되었을까? 아니, 어떻게 남들이 하찮게 여기는 규방용품에서 아름다움을 느낄 수 있었을까?

남자가 규방문화에게

　　1960년대 말, 우연인지 필연인지 인사동에 갔던 그의 눈에 8첩 화조도 병풍이 들어왔다. 그냥 예쁜 정도가 아니라 굉장히 훌륭하고 예뻤는데 싼 값으로 외국 사람한테 팔려나가고 있었다. 직감적으로 그러면 안 될 것 같았다. 도자기를 수집하고 있던 때라 주변의 다른 사람들을 설득해 보았다. 그러나 그 누구도 관심을 기울이지 않았다. "남한테 권해서 안되겠으니 내가 할 수밖에 없겠다 했지. 그게 시작이지 뭐."

자수품을 수집하면 할수록 헤어 나올 수 없는 어떤 매력에 빠져들기 시작했다. 너덜너덜해진 오래된 자수조차 그의 눈에는 아름답게만 보였다. 그리고 자연스럽게 자수를 싼 보자기도 눈에 띄었다. 쇼핑백을 거저 주듯 그냥 주고 갈 정도로 아무도 보자기의 가치를 모르던 때였다.

"이렇게 예쁜데, 너무 예뻐서 깜짝 놀랄 정도인데 왜 사람들이 모를까. 나는 이렇게 얘기하지. 보자기가 나를 찾아왔다고. 보자기가 나한테 오고 싶었던 거라고."

내가 보자기였더라도 그에게 갔을 것 같다. 그토록 애지중지하며 예뻐해 주는데 그가 아니라면 그 누구에게 가겠는가? 나중에 그는 3,000만 원짜리 도자기를 30만 원짜리 보자기와 바꿀 정도로 푹 빠져버렸다.

"몇 시에 어느 가게에 가면 어떤 모양의 골동품이 있을 것 같은 영감이 떠올라. 설마 하며 찾아가 보면 반드시 그 물건이 기다리고 있어. 내가 무당이 아닐까 생각도 했지. 그래서 몇 번 시험도 해보았어. 차를 타고 가다가 다른 차에 가려져 안 보이는 차량 번호를 맞춰보았지."

물론 이런 것은 맞지 않았다. 오직 수집할 때에만 신기神氣가 나타나는 모양이었다.

얼마 전에 있던 베갯모 전시회 때는 베갯모에 이름을 붙여야 했는데 베갯모 스스로가 자기 이름을 말해주었다. 자수나 보자기를 들여다보고 있으면

그 시대의 생활
상, 문화적 배경이
저절로 떠오른다. 여인
의 수를 놓는 마음, 조각 천
을 잇는 손길까지 느껴진다. 게다
가 수집품들은 스스로 자기 이름뿐
아니라 언제 태어났고, 무엇에 쓰였는지
말한다. 나는 수집품과 대화하는 수집가다.

화목 수보자기
41.5cm×42.0cm, 19C

수집가의 아내가 수집가 남편에게

아내는 치과의사다. "평생, 살림에 쓸 돈을 생각해 본 적이 없는 걸 보니 아내가 전담한 모양이다."라며 그가 웃었다. 사실 그는 한국전력공사에서 상무와 감사를 지내고, 퇴직 후에는 지방에서 공장을 운영할 정도로 경제활동을 활발히 한 사람이다. 공장을 처분하자 150억 원이라는 거금이 생겼다. 그 돈을 수집하느라 3년 만에 다 써버렸다. 너무 갖고 싶은데 돈이 없어서 아내의 금붙이를 훔치기도 했다. 돈 있으면 다 갖다 쓰고, 빚지며 수집하는 이런 남편을 아내는 어떻게 생각할까?

"도자기와 자수를 섞어서 수집할 때야. 심한 담석증으로 위독해져서 병

원에 입원했는데 아내가 갑자기 충무로엘 가자고 해. 느닷없이 왜 그러느냐고 하니까, 내가 사고 싶어 했던 도자기를 사기 위해서라는거야. 아내는 죽기 전에 소원이나 풀어주려고 그런 것이었는데, 지금은 내 이름처럼 아내는 완전히 동화가 된 것 같아. 나와 한마음이 되었지."

해외 전시회에 같이 다니면서 아내의 생각이 많이 달라졌다. 외국에 나가 보면 박물관장의 직위가 굉장히 높고 대접도 남다르다. 전시회가 있어 유럽에 간 김에 관광차 니스에 간 적이 있었다. 아침에 일어나보니 우리가 묵었던 호텔에 태극기가 걸려 있었다. 보통 장관급이 가면 태극기를 걸어주는지라 "누가 온 거냐"고 물었다. "박물관장, 당신 때문에 태극기를 걸었다."고 했다. 아내가 남편을 보는 눈이 달라진 것이, 꼭 이런 것 때문만은 아니었을 것이다. 조각보만 들여다보고도 그것을 지어낸 이름 모를 여인네의 마음을 읽어내는 그가 아니던 가? 아마 그 누구보다도 아내의 마음을 잘 이해해주고, 아내가 가진 아름다움을 소중히 여겨주는 남편이었을 것이다.

희열과 의미가 수집가에게

그가 사랑한 수집품들은 나에게 항상 삶의 희열과 의미, 보람을 선물해주었다. 유네스코 사무총장 엠보의 부인이 한국자수박물관에 온 적이 있었는데 너무 좋아하더니 나중에 파리를 방문하게 되면 꼭 연락하라고 했다.

아내와 함께 파리에 갔을 때 엠보 부인은 어머니상을 당해 슬픔에 빠져 있었고, 낙상까지 당해 거동조차 불편한 상태였다. 그럼에도 흔쾌히 우리 부부

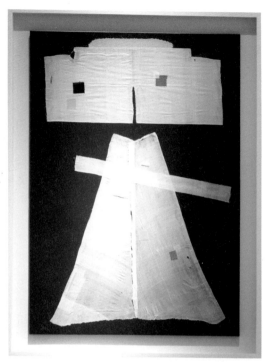

어머니의 손길1 87cm×121cm, 2012

를 초청했고 유네스코 사무총장 공관에 초대되어 간 것은 한국 사람으로선 유일했기에 유명해졌다. 이게 다 하찮게 생각하는 보자기 덕이다. 회화, 디자인, 각종 공예품에 보자기 디자인이 활용되고, 심지어는 보자기 bojagi라는 이름으로 세계에 통용되고 있었다. 그의 친구들 표현을 빌려 얘기한다면 이게 다 '허동화 덕'이 아니겠는가.

외국에서 전시회를 많이 했지만 단상에 올라가서 제대로 인사를 해 본 적이 없다. 눈물이 나서다. 높은 단상에서 몇 백 명의 서양 사람들을 내 밑에다 두고 내려다보면 도대체 말이 나오질 않는다. 한국에 태어났다는 것, 한국 사람이라는 것이 자랑스러웠다. 문화국이었다는 자부심으로 가슴은 한껏 부풀어 올랐다.

창작품이 예술가에게

수집이 미에 대한 집착과 강박이어서일까. 수집가들은 아름다움을 소유하는 것을 넘어 직접 미를 창조하는데 참여하고 싶어했다. 그 역시 아내의 옷과 자기 옷은 직접 디자인해서 입었고, 일흔이 넘어서 화가로 데뷔했다. 옛날 옷감으로 만든 콜라주, 못 쓰는 농기구, 어기구들을 활용한 오브제, 아크릴 그림을 빚어냈다.

"내 타고난 재능과 기교로 작품을 만드는 것이 아니야. 작품 스스로가 그렇게 되도록 나를 이끌어가더라고." 그는 작품을 만들 때 대상 자체가 원래 가지고 있던 아름다움을 스스로 드러내도록 했다. 고장관념이나 미학이니 사학이니 하는 틀에서 자유로운 작품 활동을 했다.

이제 좀 알 것 같았다. 그가 어느 누구도 눈길조차 주지 않았던 규방문화의 아름다움을 발견해 낼 수 있었던 이유를.

"나는 여자들이 위대하다고 생각해요. 여성문화를 보면 알 수 있거든. 진짜로 세계적인 거거든. 수집해보고 들여다보면서 연구하다 보니 발견한 거예요."

여성을 위대하다고 보는 허 관장이 더 위대해 보였다. 그의 덕분에 보물인지도 몰라보고 내버려둔 것이 보물이 되었고, 해외로 흘러나갈 귀중

어머니의 손길 2 87cm×121cm, 2012

한 문화유산이 보존되었다. 그의 시각 자체가 보배였다.

사랑의 수고가 쉼에게

20여 년 전부터 나는 공공연하게 "국가에 기증하겠다."고 얘기해왔다. 재산은 수집품이 전부지만 수집을 즐겼고, 보람을 가지고 살았기 때문에 후회는 없다.

"금메달을 딴 운동선수에게 소감을 물으면 이구동성으로 빨리 집에 가서 잠이나 실컷 잤으면 좋겠다고 하잖아요? 나도 그래. 사실은 피곤해. 쉬고 싶어."

　　자신은 돈, 시간, 연령에 제한이 많아 수집품들에게 못해준 것도 많지만 국가라면 이 아름답고 훌륭한 문화재를 잘 관리해주고, 더 빛나게 해주리라는 기대도 있다. "국가가 하면 더 많이 알릴 수 있고, 더 넓게 펼쳐서 보여줄 수도 있잖아."

　　딸이 좋은 곳으로 시집가서 대접받으며 잘 살기를 바라는 부모의 마음이 이와 같겠지. 보내놓고도 어려움은 없는지, 편안한지 늘 그 안위가 궁금하겠지. 잠시 그와 나 사이에 정적이 흘렀다. 어디에서 연유된 것인지 모를 애틋함과 피로와 평안이 한꺼번에 느껴졌다.

『행복한 인생』(2009)에서, 김성혜

6
작은 물건,
그러나 큰 박물관

어머니의 눈부신 솜씨가 엮어내는 아름다움
누에고치에서 뽑아낸 실을 잿물에 삶는 냄새
풀 먹인 천에 다듬이 질 하는 소리
얌전히 덮인 보자기를 걷어내고 입안에 가득 넣어본
맛깔스런 김치
어머니 살결 같은 무명과 명주의 부드러운 촉감
오감이 살아있는 감성의 예술

물고기와 함께 냇물에서 노니는 새
유실수와 꽃나무에 피어나는 새
자유로운 상상의 세계
어머니의 상상력의 산물

영원한 마음의 고향인 어머니
아이에게 자신의 밥을 내어주고
옷의 솜까지 빼 주는 희생적 사랑
어머니 옷이 얇아지는 만큼 도톰해지는 아이의 옷
그 한이 없는 사랑의 결정체

　　　　　　　　　　　　　　　　　　　　허동화

세계화는
소통이다

1995년 2월 27일, 샌프시스코 아시안 아트 뮤지엄에서 열린 자수와 조각보 전시회가 열렸다. 수백 명이 모인 개막식에서 허동화 선생이 감사의 말을 하기 위해 단상을 올랐을 때, 단상 밑의 천여 명의 대중들. 그의 표현에 의하면 기름진 사람들이 보이자 감동이 벅차올랐다. 어떻게 이처럼 훌륭한 나라에 태어났는가? 어떻게 이와 같은 문화국에 태어났는가? 그 감격과 행복감에 복받쳐서 말을 이을 수 없었다. 지금도 그 감동을 생각하면 눈물이 난다고 하셨다. 두고두고 잊을 수 없는 감격의 순간이었다.

샌프란시스코 아시안 아트 뮤지엄 전시회 포스터, 1995

니스동양박물관 전시회 포스터, 2000

허동화 선생께 가장 자랑스러운 일이 뭐냐고 물으면, 주저없이 11개국에서 열린 55회의 해외전을 꼽는다. 정부가 나선 것도 아니고 개인이 이룬 일이라고 믿기에는 놀라운 업적이다. 나라와 횟수도 놀랍지만, 영국 애쉬몰린박물관, 독일 쾰른동아시아박물관, 프랑스 니스동양박물관, 미국 샌프란시스코아시아박물관, 피바디엑세스박물관, 시애틀미술관, 일본 오사카국립국제미술관, 일본민예관, 아카사카소게츠미술관 등 박물관의 면면도 쟁쟁하다. 그것도 대부분 초청을 받은 전시회였다.

해외전은 최순우 국립중앙박물관 관장과의 인연으로부터 시작되었다. 어느날 최관장이 허동화선생의 컬렉션을 보더니, "이게 웬일이냐?", "어떻게 이게 남아 있었느냐?"고 감탄을 했다. 그 감동은 1978년 6월에 국립중앙박물관에서 처음 열린 '한국자수특별전 -박영숙 수집 전통자수 500년'으로 이어졌다. 이 전시회를 계기로 이듬해인 1979년 6월에 동경 한국문화원에서 첫 해외전이 열게 되었다. 당시 일본인들의 반응이 뜨거웠다. 그 덕분에 일본, 독일, 영국, 미국, 호주 등 다른 나라로 그 아름다움에 대해 알려지게 되었고, 한독수교 100주년, 한영수교 100주년, 한불수교 100주년의 전시회를 자수와 보자기로 하는 행운을 얻게 되었다.

자수와 조각보가 세계적인 관심사로 부상하게 된 가장 큰 요인은 무엇보

작은 물건, 그러나 큰 박물관

다 보는 이를 감동시키는 뛰어난 콘텐츠다. 해외 전시회의 반응을 보면, 자수와 조각보가 매우 한국적이면서 현대적이라는 평이 주류를 이룬다. 일본이나 중국에는 없는 한국적인 특성을 지니고 있어 매우 독특한 매력을 지니고 있고, 거기에 세계인의 공감을 불러일으키는 보편성인 현대성을 지니고 있다는 것이다. 독특함과 현대성이 자수와 조각보의 세계화를 가능케 한 것이다.

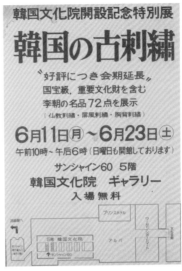

동경 한국문화원 전시회 포스터, 1979

　　하지만 아무리 보석 같은 가치를 지닌 콘텐츠라 하더라도 그것을 돋보이게 하는 연출력이 뒷받침되지 않으면, 그 전파효과는 생각보다 크지 않을 것이다. 명품도록의 발간이 적지 않은 역할을 했다. 1987년 3월 독일 쾰른동아시아박물관에서 자수명품전을 열었다. 이 박물관은 '한국미술 오천년'을 열었던 곳으로 우리에게 알려진 곳이고, 당시 박물관장은 권영필, 유준영, 최순택 교수 등 한국인 제자를 배출한 미술사학자 괴퍼관장이다. 그런데 이 전시회에서 발간한 도록은 자수의 아름다움을 최

독일 쾰른동아시아박물관 자수전시회 포스터, 1987

대한 살려 나타낸 책으로 평가받고 있다. 이 도록에 자극을 받아 허동화선생은 『Wonder Cloth』라는 영문판 명품도록을 발간하기도 했다. 그 후 수십 권의 자료집을 발간 했다.

1990년 10월 일본 아카사카소세츠미술관 전시 때에는 한국인 디스플레이어 최재은씨의 아이디어에 의해 조각보를 새롭게 전시하는 방식을 선보였다. 하늘처럼 폭넓고 투명한 종이를 천장에 이어붙이고 뒤에 조명을 비추어 직물의 조직과 색상을 돋보이게 했다. 이러한 디스플레이는 외국인들이 늘 찬탄하는 현대성을 돋보이게 하는 데 가장 효과적이었다.

해외 전시회에서 가장 중요한 것은 소통이다. 끊임없이 우리에게 낯선 외국인의 취향과 관심을 살피고, 아울러 자수와 조각보의 가치를 효과적으로 설

명하는 노력이 필요하다. 1990년 5월, 400여년의 역사를 자랑하는 영국 애쉬몰린박물관 전시회 때에는 박영숙 여사가 한 달간 머물면서 관람객에게 자수와 조각보에 대해 설명하는 정성을 보였다. 며칠 전 어느 TV 프로그램에서 푸드 트럭을 끌고 미국을 여러 곳을 다니며 한국음식을 파는 젊은이들을

영국 애쉬몰린박물관
한국의 보자기 전시회 포스터, 1990

보았다. 그들은 맛있는 음식을 팔기
도 하지만, 늘 고객들과 유쾌한 대화
를 나누는 장면이 인상적이었다. 우리
는 보통 해외전을 할 때 전시하는데
만 치중하는데, 더 중요한 것은 관람
객과의 소통이라는 사실을 깨우쳐 주
었다.

자수와 조각보의 해외전의 성과
는 여러 나라에서 나타나고 있다. 특
히 1998년 시드니올림픽을 기념하여

시드니 올림픽 기념 파워박물관 전시회 포스터, 1998

파워하우스박물관Powerhouse Museum을 비롯한 호주순회전의 여파는 컸다. 당시
전시회 기획에 참여했던 김민정씨는 "호주에서 대한 한국 보자기, 그리고 세계
화"란 글에서 다음과 같이 호주 미술작가들의 뜨거운 반응을 전했다.

"사실 그 이후 몇 년 동안 호주 미술계에 조각보 전시가 준 영향은 대단했
다. 이 무렵 전시 큐레이터를 담당했던 필자는 호주 미술작가들로부터 그들의
전시회 초대장을 종종 받았는데, 대개가 한국의 조각보에서 영감을 얻어 만든
작품들을 전시하면서 인사차 보내온 것이었다. 뿐만 아니라 디자인을 전공하
는 미술과 학생들의 졸업전시회에서도 조각보에서 디자인을 본뜬 작품들이 눈
에 띄었는데, 작품 형태는 섬유공예, 그림, 판화, 유리공예 등 매우 다양하였다."

김민정씨는 그 글 끄트머리에서 조각보 전시와 반응을 보면서 느낀 세계

화에서 중요한 것은 소통이라는 것을 강조했다.

"진정한 세계화란 이처럼 상호 소통될 수 있는 보편적 특성을 중심으로 다양한 문화가 융합되면서 이루어지는 것이 아닐까? 그런 면에서 한국의 보자기는 '세계화'에 단단히 제 몫을 하고 있다고 생각한다."

세계화는 20세기 후반부터 지금까지 우리 문화계에서 가장 염원한 키워드가 아닌가 생각한다. 드라마와 가요와 같은 대중문화에서 한류의 열풍을 이루는 성과를 거둔 것도 그러한 공감대 속에서 이루어졌다. 우리나라 미술계에서는 실제 세계화를 이루지 못했는데, 의외로 자수와 보자기가 세계화의 모범적 사례가 되었다.

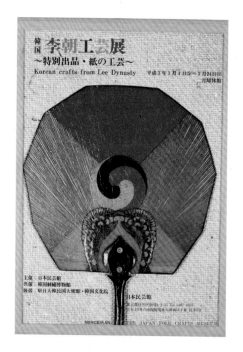

일본민예관, 이조의 민예 전시회 포스터, 1991

자수와 보자기가 이뤄낸 세계화를 보면, 적어도 다음과 같은 전략이 필요한 것으로 생각한다.

첫째, 다른 나라 사람들의 마음을 움직일 수 있는 명품 콘텐츠의 개발이 무엇보다 중요하다. 그것은 우리만의 한국적 특성과 더불어 세계인이 공감하는 보편성을 아울러 갖고 있어야 할 것이다.

둘째, 뛰어난 연출이 중요하다. 기획, 디스플레이, 도록발간 등에서 콘텐츠를 돋보이게 하는 특출한 연출이 필요한 것이다.

셋째, 서로간의 소통이 이루어져야 한다. 우리의 입장에서 구호를 외친다고 되는 일은 아니다. MB 정권 때 한식의 세계화란 목표 속에서 국가에서 막대한 예산을 들여서 맨하튼에 세련되게 고급 한식레스토랑을 개설한 일을 기억한다. 과연 그 프로젝트가 푸드 트럭을 끌고 미국 여기저기를 다니며 현지인과 유쾌한 대화를 나누며 우리 음식을 파는 한국의 젊은이들과 비교해서 어느 정도 성과를 거뒀는지 의문이다.

세계화는 소통이다. 다른 나라와 소통이 이뤄져야 세계화가 가능한 것이다. 그런 점에서 볼 때, 허동화 선생과 박영숙 여사는 자수와 보자기로 진정 세계와 소통하는 노력을 했고, 그것은 호주의 예에서 볼 수 있듯이 상당한 성과를 거둔 것이다.

 정병모

한국의 섬유예술,
그리고 색에 반하다

자수를 수집하고 20여 년이 지난 1983년 독일에서의 첫 전시 후 2014년까지의 30여 년간, 50여 차례 이상의 해외전시와 더불어 또 그 이상의 국내 전시를 치렀다. 외국인들은 그때마다 우리의 자수와 보자기의 색에서 많은 감동을 받은 듯 했고, 그 감동을 내게 전하곤 했다. 다음은 1983년 독일에서의 인연을 시작으로 전시를 통해 인연을 맺은 세사람의 글을 실어본다.

환희와 감동, 한국전통 섬유예술

1983년 독일에서 첫 번째 전시회를 가진 이래, 코로뉴의 동아시아East Asian 박물관은 1987년 허동화 관장이 소장하고 있는 많은 분량의 한국자수 수집품을 전시하기로 결정했다. 이 행사는 아시아 미술에 관심 있는 전문가들뿐만 아니라 수많은 일반인들을 경탄하게 하였으며, 한국 미술의 새롭고도 매우 경이로운 면을 보여 주었을 뿐만 아니라 동아시아 미술에 대하여도 뚜렷한 의미를 부여한 계기가 되었다.

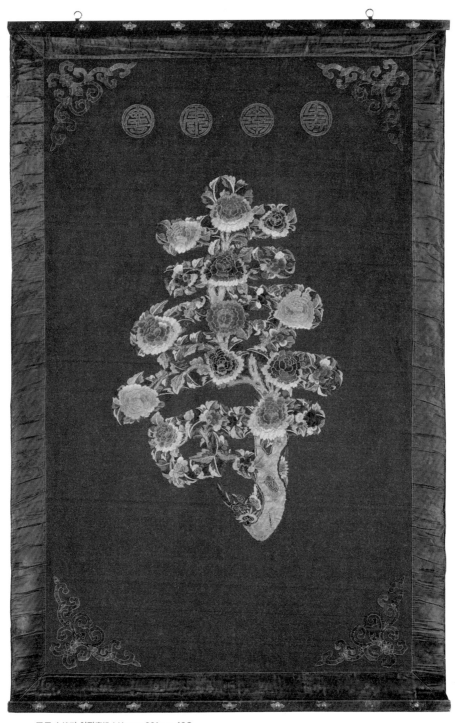

한국의 섬유예술, 그리고 색에 반하다

궁중 수繡자 침장寢帳 141cm×221cm, 19C

일찍부터 직물이 사회 각 계층의 의복으로 사용되어 온 이래, 의복 디자인이나 장식들은 당시 그들이 만들어 낸 문화의 특징들을 잘 반영하고 있다. 이러한 특수한 상황에서 놀랄만한 상황은 장식품의 배열이라는 측면에서만 아니라 그들이 잘 조화를 이루고 있음으로써 활력과 생동감이 뚜렷이 나타나고 있다는 점이다.

한국직물의 품격은 중국의 기술적인 숙련미나 일본의 기교적인(꾸민 듯한) 우아함과는 사뭇 대조적이다. 한국 스타일의 강점이며, 더욱 경이로운 점은 한국응용예술의 형태가 사회의 전혀 다른 각 계층에 속한 여인들에 의해 완성되어 왔다는 사실이다. 왕족이나 상류층에 속하는 여성들은 화려하게 꾸민 각종 자수 장식에 심취했고, 행운의 상징인 많은 형태의 한자를 인도글자와 함께 불교양식으로 장식함으로써 한국의 고전연구에 깊이 빠져들게 되었다.

그들은 병풍의 넓은 면을 전설이나 수렵, 경작, 비단짜기 또는 많은 어린이들이 노는 모습 등의 그림으로 채웠으며, 해학적인 감각으로 환상적으로 표현하고 있다. 한편 평범한 여인들은 일상생활에서 장식용으로 강렬한 감정을 나타낸다. 동시에 그들은 여러 가지 색의 조각천을 이용하여 보자기를 만든다. 이렇게 하여 직물예술은 한국의 문화 중에 각 계층의 각기 다른 성격을 나타내는 거울로 비추어진다.

일상적으로 사용되는 재료로서, 연약한 직물의 성질로 보아 이들은 이 세계에서 사라지기 쉬운 물건이다. 이런 점에서 허동화 관장과 그의 부인 박영숙 여사가 6세기에 걸쳐 만들어진 이것들을 수집하고, 이 보물들을 서울에 있

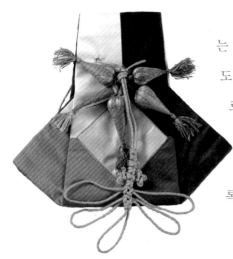

오방색 귀주머니 16cm×14cm, 19C

는 한국자수박물관으로 가져와서 일반인들에게 도 쉽게 접근할 수 있도록 한 것은 그들의 큰 공로이며, 이렇게 함으로써, 한국 전통문화의 중요한 유산을 유지하는데 공헌을 하였고, 이 수집품들을 국제적 전시를 할 수 있도록 배려한 것도 그들의 큰 공로라 할 수 있다.

개인적으로 서울의 박물관을 처음 방문한 내게는 환희였고 감동의 경험이었다. 나는 고품질의 많은 수집품뿐 아니라 이 수집품들이 박물관의 진열실에 전시된 상태를 보고 더욱 그의 심미안에 황홀함을 느꼈다. 더욱 친밀한 우정을 위하여 이 짧은 글로서 전한다.

로저 게퍼 / 독일동아시아 박물관 명예관장

한국의 섬유예술, 그리고 색에 반하다

Korean Embroidery and Its Inspirational Joy

After a first small exhibition in Germany in 1983, the
Museum of East Asian Art in Cologne decided to show a larger
selection of Korean embroideries from the collection of Huh Dong-
hwa in 1987.

This event caused a surprise not only for specialists of Asian art, but
also for a wider general public. Suddenly completely new und highly
surprising aspects not only of Korean, but in a wider sense of East
Asian art in general became obvious.

작은 물건, 그러나 큰 박물관

Since textiles were since early times the material used for the
clothing of all levels of society, the design of dresses and their
decoration reflect characteristic traits of the culture where they are
created. In this special case the surprising factors were the energy
and vitality so evident not only in the arrangement of decorative
elements, but also in their composition.

The styles of Korean textiles stood in such an obvious contrast to
those of China with their accent on technical perfection and those of
Japan with their sophisticated elegance.

The strength of the Korean style was all the more surprising, since
this form of applied arts was exclusively performed by women
belonging to quite different layers of society.

Ladies integrated into circles of the court and of nobility apparently
were deeply immersed into literacy when they decorated textiles
with Buddhist formulas and texts, even in Indian letters, with the one
hundred variations of the Chinese character for 'Long Life', with
symbols of luck or with the insignia of oficial ranks.

교렴轎簾 가마발 55cm×45cm, 19C

When they filled the large fields of flolding screens with scenes from legends, hunting or tilling fields and preparing silk, or with one hundred children at play, they demonstrated phantasy and even a certain sense of humor.

On the other hand, women immersed into the daily life of so-called ordinary people exhibited a strong feeling for decorative, but at the same time strong effects when they arranged textiles of different colours into the patchwork of wrapping cloths.

In this way the art of textiles can be seen as a mirror of the different, but not really opposing characteristics of many layers in the culture of Korea.

As consequence of the delicate constitution of textiles as a
material for daily use early examples have often disappeared in
several cultures all over the world.

It is the great merit of Mr. Huh Dong-hwa and his wife Park
Young-sook that they have formed for about four decades a highly
representative collection of Korean textiles and that they transfomed
this treasury into the Museum of Korean Embroid, situated in Seoul
and accessible to public visitors.

There by they helped to preserve this important heritage of
traditional Korean culture. That they agreed to send important parts
of their collection abroad to be shown in international exhibitions, is
an addition to these merits.

For me personally a visit to the Museum in Seoul has from the first
time always been an exciting and inspiring experience.

1 was fascinated by the high standard of taste reflected not only in
the selection of pieces of very high quality, but also by the way they
are displayed in the showrooms of the Museum. Soon the contacts
developed into a close friendship which I would like to document by
this short introductory note.

Prof. Dr. Roger Goepper

Director emeritus, Museum of East Asian Art, Cologne

232

작은 물건, 그러나 큰 박물관

한국 여성의 마음색

한국의 전통직물은 호주에서 한국의 문화를 소개하는데 매우 중요한 역할을 해 왔다고 볼 수 있다. 한국자수박물관에서 주관한 조선시대 의상과 보자기 전시를 1998년 호주 시드니 파워하우스 박물관Powerhouse Museum에서 열었을 때, 많은 호주 국민들과 예술인들은 그동안 알려지지 않았던 한국의 아름다운 의상과 조각보, 곱게 수놓아진 자수 작품 및 기타 직물을 보고 모두 감탄했다. 한국의 전통직물과 자수는 색채감각이 뛰어나고 현대적이면서도 한국만의 독특한 조형미를 담고 있기 때문에 많은 호주 국민에게 크나 큰 충격이 되었다.

관객의 호응이 좋았던 조선시대 의상과 보자기 전시는 곧바로 파워하우스 박물관의 두 번째 주요 한국전시면서 올림픽 기념전이었던 「흙, 혼, 불: 조선왕조 명품전」을 열게 되는 다리 역할을 하지 않았나 생각된다. 전시기간 중에 각종 보도건수는 수백 건에 달해 전시 역사상 초유의 일로 호·한 양국의 문화협력의 기반을 구축한 대표적 사례가 된다.

한국의 자수에는 한국여성의 숨결이 배어 있음을 알 수 있다. 다른 나라의 자수와는 달리 다양한 문양에 오색을 사용하여 수놓은 작품들에서 독특한 멋을 느낄 수 있다. 이러한 멋은 한국인들의 마음속에 깊숙이 숨어 있는 민속적인 유머와 재치 그리고 아름다운 한국의 자연환경에서 비롯된 것이 아닌가 싶다.

자칫하면 너무나 가까이 있는 일상용품이어서 미처 눈여겨보지 않는 동

연화문 상자덮개보 12cm×14cm, 19C

안 사라져 버렸을지도 모를 소중한 문화유산을 타고난 감각으로 알뜰히 모으고 간직해 온 한국자수박물관 관장 허동화 님에게 찬사를 보낸다. 또한 허동화 님은 한국의 아름다운 자수를 널리 알리고자 수십 년간 한국의 직물과 관련하여 많은 연구와 저서를 남기는 업적을 쌓아왔다. 사전細 허동화 님은 자수 모으기와 알리기로 그의 평생을 한국 여성이 한 땀 한 땀 비단 천에 수놓아 가듯, 조용히 이름다운 모습으로 살아가고 있는 것이다.

케빈 퓨스터 / 호주 파워하우스 박물관장

The Color of Korean Women'S Hearts

Korean textiles have played an important role in introducing
Korean culture to Australia. The exhibition Rapt in colour: Korean
textiles and costumes of the Chosun dynasty, on loan from the
Museum of Korean Embroidery, Seoul and displayed at the
Powerhouse Museum, Sydney in 1998, was very warmly received. It
was the first opportunity for most Australians to see and experience
Korean embroidered costume and wrapping cloths.

For many people the beauty of these textiles was a revelation. The
success of "Rapt in Colour" paved the way for the Powerhouse
Museums second major Korean exhibition
"Earth, spirit, fire: Korean masterpieces of the Choson dynasty"
which was an official event of the Sydney 2000 Olympic Arts Festiva

Korean embroidery is a vivid expression of the character of the
maker. A distinctive beauty, unlike that of any other country, is
expressed through the embroidered designs of multi-coloured silk
thread and reflects an aesthetic response to nature, customs and
personal emotions.

1 would like to praise Dr. Huh Dong-hwa for his foresight to collect
and preserve Korean embroideries at a time when few people
recognised their cultural and historical value. Made by women as
functional objects which were very much a part of daily life, the
possibility of them being taken for granted and lost was very real.

For many years Dr Huh Dong-hwa has also been one of the
most important publishers of literature on Korean textiles. His

한국의 섬유예술. 그리고 색에 반하다

dedication may be compared to that of a female embroiderer, who creates one stitch followed by another and another, to create a single object of great beauty.

Dr. Huh Dong-hwa's pen name Sajeon, which means Field of threads, highlights his love of and dedication to the Korean women's art of embroidery.

This publication is a wonderful addition to the available literature and will help further the awareness and appreciation of Korean embroidered textiles throughout the world.

Dr. Kevin Fewster
Director, Powerhouse Museum, Sydney, Australia

작은 물건, 그러나 큰 박물관

위: 수혜 길이 16cm, 높이 5.3cm, 19C
아래: 수혜 길이 22cm, 높이 6.5cm, 19C

내가 서울에 체류할 때, 허동화 관장의 안내로 참으로 뛰어난 직물예술품의 소장처인 한국자수박물관을 둘러본 것은 개인적으로 큰 영광이었다. 한국은 여성들이 대대로 전승해온 아름답고 우아한 한복으로 유명한 나라다. 이주 초기시절의 직물은 기후의 영향과 보존의 문제로 인해 별로 남아있지 않지만, 우리는 『이렇게 좋은 자수』와 『이렇게 고운 색』을 통해 각양각색의 아름다운 섬유예술을 감상할 수 있다. 이렇게 훌륭한 수집품을 보고 나면, 선명한 색상이 조화롭고 우아하게 표현된 한국의 자수예술은 세계 어디에서도 찾아보기 어렵다는 사실을 깨닫게 된다.

선물을 주고 받는 행위는 유교 전통의 사회에서는 정을 주고받는 행위로서, 사회를 조화롭게 해준다. 그런데 제대로 포장이 되지 않은 선물은 그 기능을 다 할 수 없을 것이다. 그러므로 정성 들여 포장을 하고 리본을 묶는 기술은 한국 사회에서 중요한 일로서, 선물의 내용물 못지않게 포장의 장식미도 칭찬을 받는 수준에 이르렀다.

한국 여성은 상류층에서 하류층에 이르기까지 아름다운 보자기를 만들어냈는데, 각종 귀중한 유물에서 불교의 경전 등 모든 종류의 물건을 싸는데 보자기를 활용했다. 허 관장께서 수집한 보자기는 규모도 넓고 포괄적이어서 한국미를 대변하듯이, 다양하면서도 감동적인 창의성과 수준 높은 예술성을 보여주고 있다.

옛 시절의 한국 여성은 소외된 삶을 살아야했지만, 보자기나 수예품을

만들면서 자유로운 상상력의 날개를 펼칠 수
있었으며, 다종다양한 문양을 창안, 표출하
면서 끝없는 시심의 세계에 몰입할 수 있
었다.

보자기를 만든 이들 여성이 전문
예술가라고 자처한 적은 한 번도 없
었지만, 이에 관한 각종 전시회나
자수도록에서 본 그들의 작품은
20세기의 위대한 예술가 몬드라
안이나 클레 또는 에라 실바 등
의 작품과 비견되어도 손색이
없을 정도로 훌륭하다. 이러
한 한국자수의 문화유산
을 발굴하고 그 가치를
널리 알리는데 헌신해
온 허동화 관장께 심심
한 사의를 표한다.

장 프랑스와자리그
/ 프랑스 파리 기메 박물관장

조각상보 52cm×53 cm, 19C

Wrapping Cloth Invites Korean Women
to Freedom of Imagination

In Seoul it was a great privilege for me to visit the very beautiful Museum of Korean Embroidery under the most learned guidance of the historical founder, M. Dong Hwa Huh.

Korea has always been famous for the beauty of highly refined costumes weared by successive generations of women. Though due to climatic conditions, only a few very early textiles have survived, we at least can admire in this unique collection a splendid set of embroided dresses of the Chosun period. After seing this outstanding collection, one realises that there are few examples elsewhere in the world of costumes combining vibrant colours in such harmonious and elegant combinations.

Giving and receiving are among the most important acts insuring the harmony of a society following the Confucian tradition. But a gift which is not presented properly no longer acts as a major component of social life.
Therefore the art of wrapping and making knots has achieved great importance in Korean. It went to the extent that often the beauty of the wrapping was praised as much as what was contained inside.

The women of Korea from upper classes to lower classes have produced in the course of time beautiful wrapping clothes(Pojagi) which were used to wrap all sort of objects, ranging from precious relics and Buddhist sutras to a large variety of gifts, including perishable items.

한국의 섬유예술, 그리고 색에 반하다

The Pojagi collected by M. Dong Hwa Huh, the largest and most comprehensive collection, are to some extent a microcosm of Korea Traditionally the Korean women were supposed to live a rather secluded life, but making Pojagi and other embroideries gave them the opportunity of expressing the freedom of their imagination by the combination of a large variety of more or less geometric designs creating a boundless poetical world.

Though these women who work is exhibited or reproduced in books, never fails to be compared, with good reason, with the work of some the greatest artists of the20th century, Mondrian, Kles or Viera da Silva.

We have to be very grateful to M. Dong Hwa Huh who has dedicated himself in favour of the very beautiful cultural heritage of Korean embroidery.

Jean-françois Jarrige
Director the Musée Guimet.
France, Paris

240

궁중길상문 귀주머니
13cm×12.5cm, 19C

모든 판단은
국가 이익을 우선하라

중국 고사 중에 '인생5계'라는 말이 있다. 사람의 일생을 다섯 단계로 나누어 생계生計 · 신계身計 · 가계家計 · 노계老計 · 사계死計를 말하는데, 어느덧 내 삶도 노계에서도 하반기에 가 있고 이제 죽음을 계획하고 생각해야 할 시기에 이르렀다.

지난 시간을 되돌아보니 후회스런 부분도 있지만 나름대로 최선을 다해 나의 길을 걸어왔다. 어떤 이들은 나를 보며 성공한 사람, 행복한 사람, 치과의사를 마누라로 둔 행운아라고 하는가 하면, 행복한 사람, 더러는 "수집 작품이 3천 점이 넘지요? 한 점에 백만 원씩으로만 계산해도 그게 얼만가? 엄청난 재산도 모으셨네요."라는 노골적인 질문도 망설이지 않는다.

물론 내가 불행하다고 생각하진 않지만, 남들이 짐작하는 것처럼 행복한 것만은 아니다. 우리 연령층의 사람들은 일제강점기 교육을 받았다. 절약이 몸에 재었고, 낭비는 죄악이라고까지 생각한다. 그런 마음은 지금도 변함없다. 그래서 현실을 받아들이는 일이 마음 편치 않다.

주변 사람들은 내가 입은 옷들이 유명 디자이너가 만든 비싼 옷이라고 여기지만 사실은 동대문시장 패션이다. 동대문에 나가 옷감을 고르고, 바느질 가게를 찾아가 디자인을 일러주어 직접 만든 옷들이다. 비싼 양복 한 벌 값이면 이렇게 재미있는 양복 15벌을 만들어 입을 수 있다.

1960년대 중반부터 한두 점씩 모으기 시작한 자수 작품들로 박물관을 개관한 것이 1976년. 거의 30여 년 세월이 흘렀다. 그동안 40여 차례 해외전을 치르며 세계 여러 나라에 한국의 아름다운 규방문화를 선보이며 문화국가로서의 위상을 알렸다.

그동안 모은 자수 작품은 3천여 점 되는데, 3년쯤 전에 국립박물관에 700여 점 기증했고, 현재 우리 자수박물관에는 200여 점 정도 전시되어 있다. 이 전시 작품들은 주기적으로 바꿔가며 박물관을 운영하는데 연 1억여 원의 경비가 필요하다. 젊은 시절에는 여러 방법으로 충당해 왔지만 이제 점점 유지하기가 힘겹다. 거기에다 해외전을 한 번 치를 때면 기업체의 후원을 받아도 몇 천만 원의 적자는 감수해야 한다.

그런 어려움 속에서도 이끌어 온 이 박물관을 다음 대에서 어떻게 운영해나갈지, 앞이 안 보이는 현실이 너무나 속상하다.

사회 환원도 쉽지가 않다. 한 번은 영향력 있는 한 인사를 만나 이렇게 제안한 적이 있었다. 그동안 수집한 작품을 모두 나라에 내놓을 테니 제대로 된 박물관을 지어 운영할 수 있겠느냐, 내 수집품에 대한 물질적 가치는 300억 원 정도로 추산되지만 문화적 가치로 따지면 1천억 원에 이른다고 본다. 그건 그냥 나온 수치가 아니라 지난 30여 년간 해외전을 치르면서 든 비용만 해도 200억 원이 넘으니 타당한 수치이다.

그러나 이 제안은 흐지부지 되고 말았다. 무상으로 내놓겠다고 해도 못 믿

스페인 마드리드 국립의상박물관 전시 〈한국의 섬유, 그 천년의 노고〉, 2010

는 것인지, 안 믿는 것인지, 모르는 것인지 이루어지지 않았다. 아마도 선례가 없었기 때문이리라. 자수박물관이 있기까지 키워 내기도 힘들었지만 이처럼 지금에 와서는 지키기가 더욱 힘들게 되었다.

지금까지 나를 지켜 준 중심이었고, 앞으로도 나를 움직이는 변함없는 생각은 '모든 판단은 국가 이익을 우선하라' 이다. 국가에 도움 되는 일이라면 나를 희생해야 한다는 것

이 기본 생각이다. 요즘 젊은이들은 아마 이해되지 않을 것이다. 심지어 우리 아이들조차도 "무슨 그런 군대 통솔방식 같은 것이 있느냐"며 반발하는 처지니.

1998년, 시드니올림픽을 앞두고 한호우호관계를 기념하는 행사로 시드니 파워하우스 박물관에서 조선시대 의상과 보자기 전시를 가졌다. 아주 감동적인 전시였다. 박물관에서 베풀어주는 최고의 대접은 박물관내에서 만찬을 베풀어 주는 것인데, 우리는 제일 중요한 전시 중간에서 오프닝 만찬을 받았다. 당시 케빈퓨스터 관장은 이렇게 인사말을 했다.

"우리 파워하우스 박물관의 역사는 110년에 이릅니다. 지금껏 이곳에서 낳은 전시회가 있었지만 오늘의 이 전시가 가장 성공한 전시가 될 것입니다. 아

작은 물건, 그러나 큰 박물관

마 오늘 이 전시를 기해 호주의 디자인은 모두 바뀔 것입니다."라고

그 감동을 경험한 직후 국립현대미술관 부설 평생교육기관인 현대아카
데미에서 '자수예술론' 강의가 있었다. 강의에 앞서 수강생들에게 나는 그 이야
기를 했다. 나는 행운아다. 대한민국에 태어난 것이 천만다행이다. 훌륭한 조상
을 두고 있다는 것이, 그것도 여성조상을 둔 것이 자랑스럽다. 여러분 중 나와
같은 생각을 하는 사람은 손을 들어 보라.

100여 명의 수강생 중 한사람이 손을 들었다. 그곳
에 모인 주부라면 우리 사회 중산층 이상의,
지도자급 가정의 주부인데 국가의식
이 이렇게 없어서 자녀교육을 어
떻게 시킬까. 정말 충격적이었
다. 자녀 교육의 중심은 국
가가 중심이 되어야 하는
데 국가에 대한 긍지나
자신감이 없는 어머니가
어떻게 아이들을 길러낼
까 심히 걱정스러웠다.

많은 미국인에게 "너
는 미국인으로 태어난 것이

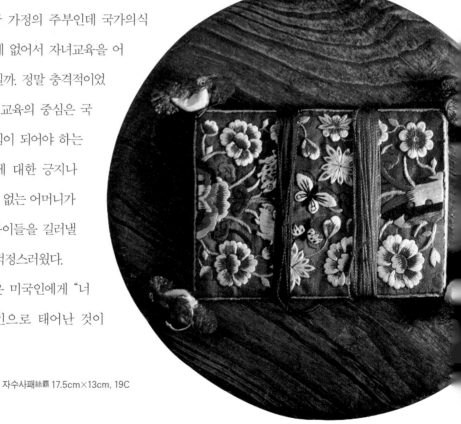

자수사패絲覇 17.5cm×13cm, 19C

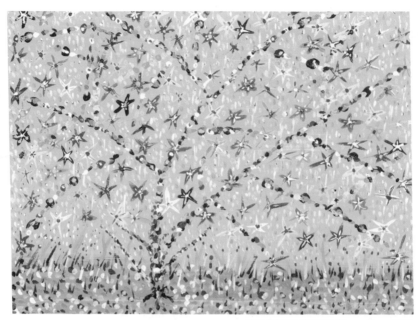

작은 물건, 그러나 큰 박물관

이렇게 좋은날, 꽃밭에서 72cm×60cm, 2008

행복하냐?"라고 물으면 "그렇다."라고 대답한다. 그러나 많은 한국 사람에게 "너는 한국인으로 태어난 것이 행복하냐?"라고 물었을 때 어떤 대답이 나올까? 그것은 바로 우리나라의 장래를 말해 주는 대답이다.

　한국에 태어난 것이 진정 행복하다고 대답할 수 있게 하는 것은 문화적 힘이다. 훌륭한 문화를 가진 나라의 후손임을 자랑할 수 있도록 우리는 후손들을 계몽하고 교육시켜야 한다. 그런 의미에서 나는 내가 걸어온 길이 진정으로 자랑스럽고 떳떳하다.

　　　　　　　　　　　　　　　　　　　『삶과 꿈』(2002)에서, 허동화

다섯 가지
인생 계획

우리는 세월이 흐른 뒤에야 헛된 시간이 너무 많이 흘러 버렸음에 안타까워하며 인생의 의미를 깨닫는다. 그 안타까움을 줄이는데 노인의 혜안이 필요한 것은 아닐지.

옛날이나 요즘이나 젊은이는 늙은이의 얘기에 귀 기울이길 싫어한다. 또래끼리는 아무리 하찮은 얘깃거리에도 즐겁지만 노인네의 말은 곰팡내 나고 귀찮은 것으로만 여긴다. 청년 문화가 지배하는 사회에서 노인이란 무용지물이게 마련이다. 젊은이로만 살다 일찍 죽은 이도 많겠으나 어느 누구든 젊음과 늙음을 한 인생으로 경험한다는 건 다행인지 모르겠다.

아프리카에서는 갓난아이의 죽음보다 노인의 죽음을 더 슬퍼한다고 한다. 노인은 많은 경험을 쌓았으므로 부족 사람들에게 도움을 줄 수 있지만, 갓난아이는 세상을 경험해 보지 않아서 자기의 죽음조차 의식하지 못하기 때문이라고 한다. 그러나 유럽이나 아시아에서는 갓난아이의 죽음을 슬퍼한다. 살았더라면 아주 훌륭한 일을 해낼 수 있었을 아기의 죽음을 안타까워하는 것이다. 그에 비해 노인의 죽음에 대해서는 거의 관심을 보이지 않는다. 어쨌든 노인은 살 만큼 살았다고 생각하기 때문이다.

아무튼 우리 사회에서 노인을 무슨 몹쓸 물건 취급하는 경우를 종종 접할 때마다 씁쓸하고 쓸쓸해진다. 노인의 정신과 영혼에 깃든 것은 컴퓨터에서 조합된 지식이 감히 따라잡지 못한다. 조상이 물려준 유산도 마찬가지다. 그저 그 생긴 꼴만 두고는 얘기가 안 된다. 그 속에 담긴 정신과 정성을 읽어야 한다. 그게 읽히지 않으면 배워야 하고, 그래서 온고지신溫故知新이란 옛 어른의 말씀은 아직도 우리에게 절실하다.

중국 고사에 인간이 살아가는 데 다섯 가지 계획이 있어야 한다는 말이 있다. 이른바 인생 오계인데 그 첫째가 생계生計다. 출생을 관리하는 일이다. 사람은 대개 어느 가정에서 어떻게 태어났는지가 일평생을 좌우한다고 믿는다. 그렇다면 가난한 상태에서 태어난 이는 저마다 불운해야 할 터이나, 아직 세상에는 가난한 출생일지라도 훌륭한 위인이 얼마든지 있고, 풍요한 집안의 자손일지라도 방심하여 몰락한 사람도 많다.

나도 가난한 집 태생이었다. 그러나 어머니의 사랑과 격려로 좌절하지 않았다. 또 귀한 물건을 접하면 불안해서 늘 여러 개 가지려는 수집욕이 자칫 가난으로 힘을 잃었을지 모를 나를 지탱해 주었다. 가난해서 귀한 물건을 갈구하는 심리를 갖게 되었던 것이다. 그런 유년 시절과 청년 시절을 보내고 수집가가 되었다. 수집가라는 이 매혹적인 이름을 통해 100여 년

전의 귀한 물건을 관찰하면서 몇 십 년 이전 세계에 대한 해답을 얻고 그들과 유사한 생활과 마음을 경험하며 살았다.

어떤 이는 잘 사는 방법과 못 사는 방법을 두루 알아야 한다지만 그건 말장난에 불과하다. 돈과 물이 자주 비유되듯 한번 물꼬가 터진 경제는 수습할 겨를도 없다. 그러다 보면 인생은 무너지기 쉽다. 따라서 생활과 경제를 어떻게 경영할지 조심스럽고 치밀하게 계획하고 관리할 필요가 있다.

둘째, 신계身計는 건강을 돌보는 일이다. 건강한 신체에 건전한 정신이 깃든다거나 체력은 국력이라는 표어가 유행한 적이 있다. 나는 표어라면 체질적으로 싫어한다. 왠지 싸잡아서 몰아가는 듯한 인상 탓이다. 그런데 건강에 관한 이 표어만큼은 공감이 간다. 인간이란 정신과 육체로 만들어진 존재여서 몸이 불편하고 시원찮으면 매사에 시큰둥해진다. 그러다 좀 생기가 돌면 막 앞으로 튀어나가고 싶은 추진력이 생겨서 하는 일마다 즐겁다. 확실히 육체는 정신을 담는 그릇이다.

건강은 어려서부터 스스로 유지해야 한다. 젊다고 해서 체력을 무모하게 낭비하거나 늙었는데 기분이 젊다고 무리하게 몸을 내둘려도 안 된다. 인간의 육체는 마치 산을 오르내리는 것과 같다. 특히 한창 젊은 시절 정상에 다다랐다가 내리막길에 들어서는 노년이 되면 위험하다. 평안하게 목적지에 도달하기까지 나이를 스스로 수용하는 여유가 필요하다.

주변에 의사가 친인척을 합해서 수십 명이 된다. 그들은 의사답게 '아프면 약'이라고 습관적으로 조언한다. 나도 평생 몸에 병이 들면 약을 먹어 왔지만 약에는 건강을 해치는 독소가 있다. 즉 3분의 2가 병을 고치는 기능을 한다

작은 물건, 그러나 큰 박물관

북한강변의 보자기 나무(벽화) 300cm×400cm, 20115

면 3분의 1은 역기능을 지니고 있다. 약을 먹지 않고도 건강을 유지할 수 있도록 하는 것이 좋다.

셋째, 가계家計는 가정을 꾸미는 일이다. 인간으로 태어나 결혼하여 한 가정을 이루어 산다는 것은 복된 일이다. 가정이란 천국의 상징처럼 아늑하고 행복한 세계이다. 그런데 천국 같은 가정을 이루기 위해서는 많은 것이 필요하다.

서양 속담에 술 취하면 하루를 망치고 안 맞는 구두를 신으면 일 년을 고생하고 못된 마누라를 얻으면 평생 괴롭다고 했다. 여기서 마누라라고 했지만 남편도 마찬가지다. 스스로 좋은 상대가 되려는 노력 없이 좋은 배우자를 만나는 일은 없다. 사랑하는 한 사람을 위해 평생을 바치는 일은 결코 쉽지 않다. 옛사람들이 일편단심이나 지조를 생명처럼 여겼던 것도 다 그래서일 것이다.

하나님은 날짐승에 비유해서 먹고 입는 내일을 걱정하지 않아도 살아 갈 수 있다고 했다. 그렇다고 손을 놓고 살라는 뜻은 아닐 것이다. 일하고 그 대가로 받은 돈으로 생활을 꾸리는 일은 가계를 이루는 데 중요하다. 수입이 많다고 해도 씀씀이가 헤프면 돈을 안 버는 사람과 다를 바 없다. 자신을 투자하여 일의 대가를 얻는 것도 중요하지만 운용의 묘를 살리며 검소하게 살아가는 방법을 터득하는 지혜도 필요하다.

넷째, 노계老計는 노후를 보내는 일이다. 인생을 잘 계획해서 살았다고 노년 시절이 만족스럽게 잘 되라는 법은 없다. 특히 선진국은 노후 생활을 국가에서 책임지고 있지만 우리는 여전히 가족에게 맡기고 있는 형편이어서 노후에 대한 계획이 없으면 불안하기 짝이 없다. 젊어서 열심히 일할 때 미리 경제적인 마련도 해두어야 할 것이다. 젊어서 곧잘 이런 생각을 했다. 늙어서는 무엇을 한담. 그 때 가면 쫓길 일도 없고 하니까 젊어서 못 읽었던 책도 읽고 여행도 두루 하고 신나는 일, 못해 본 일 들을 실컷 해야지. 그러나 막상 늙음이 찾아오면 눈이 침침해져 책도 의욕적으로 읽을 수 없고 힘든 여행을 하기에는 팔다리 기운도 없고 예전에는 재미있던 일도 흥미를 잃기 십상이다. 그러다 보니 점점 처지고 밀려서 휴식이 아니라 휴지 상태에 빠지고 만다.

늙고 보니 노동이 왜 중요한지를 알겠다. 노인 치매 때문에 가끔 신문 방송이 시끌한데, 노인이 되어 심신을 움직이지 않으면 병을 얻어 치매가 되는 듯하다. 선진국에서는 노인이 박물관 자원 봉사자로 늘 몇 백 명씩 지원한다. 그래서 어느 박물관이든 가보면 노인이 여러 일을 담당한다. 박물관과 노인은 여러 모로 닮아서 잘 어울리기도 하지만, 봉사는 노후에 중요하다. 미약하나마 사회에 공헌하고 무료하지 않아 병을 얻을 틈이 없기 때문이다. 늙어서 어떻게 보낼지 구상하는 일은 인생에서 절대 필요한 과업이다.

마지막으로 사계는 죽음을 관리하는 일이다. 사는 일도 벅찬데 죽음을 앞질러 생각하기란 그리 쉽지 않을뿐더러 되도록 피하고 싶기도 할 것이다. 그러나 의외로 죽음은 도처에 도둑처럼 숨어 있어서 어떻게 죽어 갈 것인지 마음을 다져 놓지 않으면 지금까지 살아 온 삶이 볼썽사납게 될 수도 있다.

죽는 과정에는 여러 가지가 있을 것이다. 바라건대 기뻐하며 죽고 싶다. 살아서 떳떳한 일을 하고 죽어서는 천국에 갈 자신을 세우려고 힘쓴다. 죽음은 확실히 고통이다. 오죽하면 저승보다 이승의 똥구덩이가 좋다고 했을까. 사랑하는 세상 것을 두고 떠나는 것만큼 사무친 고통이 또 있겠는가. 치명적인 병에 걸려 그 고통을 다 감당하고 세상을 떠나야 할 때 과연 당당하게 죽어갈 수 있을까. 모를 일이다. 어쨌든 죽음은 살아 온 일생을 정리하게 하는 마지막 기

왼쪽부터 시계방향: 회혼 85cm×84cm, 2013, 내 새끼 73cm×52cm, 2008
꿈속의 사슴 60cm×60cm, 2008, 소통 77cm×132cm, 2013

회이다. 비록 엉터리 신자지만 종교를 갖는 이유에는 행여 예수의 행적과 삶을 닮으려고 애쓴다면 죽음에 선 자리에서 당당하고 기쁠 수 있을 거라는 확신이 들기 때문이다.

이 세상에서 그저 그런 인생은 없는 법이다. 다 최선을 다하고 그 속에서 우여곡절을 겪는다. 바로 그 우여곡절의 연속에 인생의 신비가 있다. 그러나 인생 오계를 세우고 그렇게 살고자 했던 마음과 행적이 삶의 흔적으로 남을 수 있다면 그보다 더 뜻 깊은 인생이 어디 있으랴.

🌸 허동화

40년
자수 수집의 의미

　'한국자수박물관'은 국내 대표적인 전통 자수박물관으로 알려져 있다. 허동화(88)·박영숙(82) 부부가 공동관장이다. 서울 용산구 삼각지에서 시작된 이 박물관은 을지로를 거쳐 1991년 강남구 논현동 지금의 위치에 이르기까지 부부가 40년 동안 꾸준히 수집활동을 펼쳐왔다. 그러다 보니 보자기, 자수, 다듬잇돌, 발, 화문석, 침장, 의상과 장신구 등 3,000여점의 유물을 소장하게 됐다. 그중 자수사계분경도(보물 제653호)와 수가사(보물 제564호)는 보물로 지정됐고 왕비보(중요민속자료 제43호), 다라니주머니(중요민속자료 제42호)와 대향낭(중요민속자료 제41호) 등은 중요민속자료로 지정될 정도로 소중한 것들이다. 이곳에 소장된 자수와 보자기들은 국내뿐만 아니라 외국에서도 많이 전시됐다. 1978년부터 현재까지 미국, 프랑스, 이탈리아, 독일, 영국, 벨기에, 호주, 뉴질랜드, 일본 등

다라니주머니 12cm×59cm, 18C
중요민속자료 42호

사진: 서울신문 제공

에서 50여차례 전시를 통해 한국의 전통문화에 대한 인식이 부족한 외국인에게 한국 섬유예술의 우수성을 알려 왔다. 최근에는 터키와 일본 교토에서 보자기 전시를 가졌다.

지난 17일 논현동에 자리한 박물관에서 허 관장 부부를 만났다. 허 관장은 본인이 직접 디자인한 옷을 입고 있었다. 88세의 연세였지만 아름다운 보자기 예술에 심취해서인지 동안이었고 낯빛은 밝아 보였다. 박물관장치고는 허 관장의 이력이 의외다. 육사 9기 출신으로 동국대 법정대학과 동대학원에서 행정학 석사학위를 받았다. 한국전쟁 참전공훈으로 화랑무공훈장을 받았다. 1956년 소령으로 예편한 후 한국전력에서 감사를 지냈다. 처음에는 도자기 수집이 취미였을 뿐 자수에 대해서는 잘 알지 못했다. 그러다가 치과의사인 부인 박씨와 함께 자수 수집가로 변했다. 박씨는 남편보다 일찍 자수에 관심이 많았다.

"1960년대 초반이었죠. 도자기를 보러 인사동에 갔는데 미국인이 화조花
鳥로 수놓인 병풍을 헐값에 사가더라구요. 한 땀 한 땀 정성들여 만든 저 아름
다운 물건이 제값도 못 받고 해외로 반출된다는 것이 속상했습니다. 그래서 병
풍과 자수에 관심을 갖기 시작했고 부인이 삼각지에서 치과병원을 차리자 옆
에서 손님을 끌 요량으로 이색박물관인 자수박물관이라는 것을 생각했습니다.
왜냐하면 당시 반공방첩을 중요시했던 터라 자수하면(?) 돈을 3000만원이나
벌 수 있었거든요. 그래서 자수박물관을 만들었습니다. 혹시 간첩이 오면 자수
라도 시킬 생각이었죠(웃음)."

이후 곳곳에서 자수를 가진 사람들이 박물관으로 찾아왔다. 값어치가 없
는 자수라도 사들이는 사람이 있다는 소문이 나면서 수집품이 점점 많아졌다.

작은 물건, 그러나 큰 박물관

"찾아오는 대부분의 사람들이 보자기에 물건을 싸고 왔습니다. 작은 천조각을 이어 만든 호남권의 조각보, 여러 색실로 무늬를 놓은 강원권의 자수보, 수수한 아름다움이 있는 경기권의 모시보자기 등 귀중한 것들이 많았어요. 보자기는 한국과 일본, 터키에만 있는데 조각보는 한국에만 있는 것이거든요."

그런 물건이 쌓여가던 어느 날, 박물관에 최순우 국립중앙박물관장이 찾아왔다. 최 관장은 전시된 자수들을 보고 "사라져 가던 우리의 자수와 보자기가 여기에 다 보존돼 있다"며 감탄했다. 이를 계기로 1978년 국립중앙박물관에서 처음 초대전을 갖는다. 무려 30만 명이 다녀갈 정도로 성황리에 전시가 이루어졌다. 이듬해 도쿄에서 한국문화원이 개관할 때도 자수와 보자기를 전시했다. 해외 전시는 그렇게 시작됐다.

"그동안 해외 전시를 통해 700만여 명의 외국인 관람객들에게 한국의 보자기를 보여줬습니다. 외국 문화계 인사들은 한결같이 '비구상 회화'의 아름다움이라고 극찬하더군요. 왜냐하면 100여 년 전 것도 있었고 천지인의 철학이 담긴 것들도 있었으니까요. 독일 린덴 국립민속학 박물관장인 피터 틸레는 그의 저서에서 '색채 구성이 뛰어난 한국 조각보는 몬드리안이나 클레의 작품을 연상시킨다. 20세기 추상화 거장들이 한국 보자기를 본 적이 있을까'라고 썼을 정도였지요."

독일뿐만 아니라 일본, 미국, 영국, 프랑스 등에서 초청이 계속 이어졌다. 1999년 프랑스 니스 동양박물관은 한국 보자기로 개관전을 했다. 자존심 강하

왕표자문 수보자기 33.5cm×35.5cm, 끈길이 56cm, 19C

기로 소문난 프랑스 박물관에서 한국의 자수와 보자기를 초청해 전시한다는 것 자체가 화제가 됐다. 호주 시드니 파워하우스 박물관 전시는 주최 측의 요청으로 3개월 더 연장되기도 했다.

허 관장은 그동안 해외 전시의 성과에 대해 거듭 강조한다. 약 250억 원의 전시비용이 투입됐으며 전통 규방문화의 국가 브랜드화에 성공했다는 것이다. 또한 한국의 우수한 섬유예술의 독창성을 소개하고 교민들에게는 우리 문화에 대한 자긍심을 높이는 계기가 됐다고 설명한다. 해외관람객은 1000만 명을 목표로 하고 있다.

"외국인들은 한국에만 있는 조각보에 많은 관심을 보였습니다. 현대 추상미술과 비교해도 손색이 없을 만큼 아름다우며 쓰임새 또한 다양할 뿐만 아니라 조선시대 여인들의 미적 감각을 살펴볼 수 있기 때문입니다."

한국 여성의 삶과 철학이 오롯이 깃든 표현방법들은 세계의 무엇과도 비교할 수 없을 정도로 아름답고 경이로운 유물이라는 것이다. 그는 자수 수집뿐만 아니라 지난 20여 년간 보자기 1000여 점을 직접 만들기도 했다. 아울러 다듬잇돌

작은 물건, 그러나 큰 박물관

궁중거북형 바늘주머니 8cm×15cm, 19C

700여 개를 수집해
기네스북에 오른 기록
도 가지고 있다.

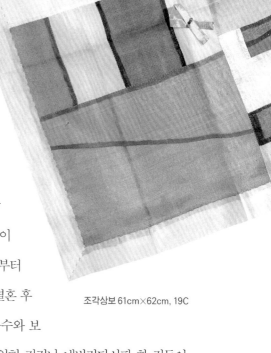

허 관장은 인터뷰를 하
면서 옆에 앉은 부인 자랑을 자
주 했다. 부인 박 씨는 서울대 치
과대학을 수석 졸업하고 미국 그레
이스 국제신학대학 명예 철학박사 학
위를 취득했다. 을지병원 치과 과장을
거쳤다. 둘은 같은 황해도 출신으로 월남
후 서울에서 만나 결혼했다. 내년이면 같이
산 지 60주년을 맞는다. 박 씨는 어릴 때부터
조각보를 만들 정도로 관심이 많았으며 결혼 후
에는 이런 부인의 영향으로 허 관장도 자수와 보

조각상보 61cm×62cm, 19C

자기를 수집하기 시작했던 것이다. 거의 잊혀 지거나 내버리다시피 한 것들이
었지만 그 시대를 살아온 여인들의 한 맺힌 사연들이 숨어 있음직한 한 점 한
점에 관심을 갖게 되면서 본격적으로 같이 수집을 하게 됐다. 경제적인 문제는
주로 박 씨가 치과를 운영하면서 해결했다. 이에 대해 허 관장은 "부부가 같이
하다 보니 세계 제일의 자수 수집 가정이 됐다."며 웃는다. 또한 "해외 전시 때
마다 한복과 장신구 등을 해당 박물관에 기증했으며 문화 사업에 기여한 공로
로 정부로부터 국민모란훈장을 받았다."고 자랑했다.

허 관장은 1970년 자수에 대한 학술적 뒷받침을 위해 처음으로 전통자수 연구논문을 발표하게 된다. 이후 자수사 연구, 조선시대 표장제도 연구, 궁중보자기 연구 등 수십편에 달하는 연구논문을 저술했다. 1979년에는 한국일보가 제정한 한국출판문화 저작상을, 2003년에는 김세중기념사업회가 시상하는 한국미술 저작상(이렇게 좋은 자수)을 수상했다. 2004년에는 여성문화의 세계화를 이룩한 공로로 5·16 민족상을 받았다.

허 관장은 자수뿐만 아니라 1990년대 중반부터 버려진 농기구와 어구, 가재도구 등을 수집해 오면서 오브제와 콜라주 작업으로 환경 친화 작가로 이름을 알리기도 했다. 하남국제환경박람회, 대전한림미술관, 갤러리 시우터, 경기도 박물관 등에서 초대전을 가졌다. 일본 메구로 미술관과 추계예술대, 아주대 등의 박물관에는 그가 기증한 작품이 상설 전시되고 있다.

허 관장 부부는 지금도 수집활동을 하면서 계속 보완하고 있다. 앞으로의 계획에 대해서는 "국가에서 자수민속박물관을 지으면 모두 기증하겠다."고 말했다.

『서울신문』(2014. 7)에서, 김문

여한이 없다

책을 만들기 위해, 허동화 선생과 만남이 여러 차례 이루어졌다. 허동화 선생 부부와 나와 집사람, 뒤에 출판사 편집국장이 합류했다. 허동화 선생 부부는 북한 태생이라 냉면을 무척 좋아했다. 마침 한국자수박물관 근처에 선생님이 자주 가시는 냉면집이 있어서 그곳을 모임장소로 애용했다.

2015년 7월 11일 모임 때였다. 허동화 선생은 식사를 마치고 나더니, 갑자기 인터뷰를 위해 틀어놓은 휴대폰의 녹음기에 대시고 "유언"하고 외치시며 녹음하라고 했다. 즐겁게 대화를 나누다 일어난 일이라 한편으로 당황스러웠지만, 허동화 선생은 무겁지 않게 유쾌한 분위기 속에서 유언을 시작했다.

"1. 남은 가족들은 국가 이익을 중심으로 한 생활을 하라."

군인출신 다운, 그리고 일제강점기와 한국전쟁이라는 역사의 아픔을 겪은 세대다운 국가관이 투철한 첫마디다.

"2. 화목하라." 가족을 위한 당부다.

"3. 유물은 국가가 통일되면, 국가에 헌납하라."

평생 모으신 유물들을 국공립 박물관에 기증하려 했으나 사정이 여의치 못해서, 다음을 기약했다.

"4. 부고를 알리지 마라." "5. 시신을 화장하라." "6. 국군묘지에 안장해라." "7. 수의 대신 즐겨 입던 평상복으로 대신 해라." "8. 조복은 입지 말고, 평상복을 입어라."

사람들은 화려한 장례식을 치르는데, 소박한 장례식을 치러 장례식의 표본으로 남기기 바란다 라는 의미다.

"9. 울지 말고 웃으면서 지내고 직계 가족끼리 처리해라."

"장례식 때 슬픈 찬송가를 부르지 말고, '주의 팔에 안기세'와 같은 기쁜 찬송가를 불러라." 기쁘고 즐거운 마음으로 장례를 치르라는 뜻이다.

"10. 병원에 오래 입원한 경우와 같이 부득이한 경우가 아니라면, 비밀리에 장례식을 치러라." "11. 식물인간이 되면, 안락사 시켜라."

"한국박물관협회장의 제의가 있었는데, 혹시 그러한 제의가 있어도 거절

해라." 협회장을 하면 1억 이상 많은 돈이 드는데, 그것은 의미가 없는 일이기 때문에 거절한다고 설명했다. 한국박물관협회에 대한 애정은 남달랐다. 이미 15년 전에도 허동화 선생은 협회에 1억원을 기부하신 적이 있었다.

"사람들은 내가 큰 업적을 남겼다고 칭찬하는데 부족한 것이 많다. 그동안 언론계를 비롯한 여러 곳에서 보내준 성원에 감사한다. 그러나 더 이상 매스컴에서 기사화하거나 평가하는 것을 원하지 않는다."

그동안의 분에 넘치는 관심만으로도 충분히 감사한 일이라는 겸손한 뜻이다.

조금 뒤 다시 유언을 이어나가셨다.

"12. 그러나 와이프의 장례식은 임의대로 처리해라."

당신처럼 안 해도 된다는 의미다. 그러나 한참 뒤에 다시 이 의견을 수정했다.

"13. 가족들도 나의 예에 따라 장례를 치르도록 노력해봐라."

허동화 선생은 구순의 연세가 믿기지 않을 정도로 건강하다. 그 비결을

물으니, 동심으로 돌아가면 건강하게 살 수 있다고 했다. 사람들이 너무 격식을 차리고 사는데 그것은 건강에 해롭다는 지론이다. 호주의 어느 치과의사가 여름에 더울 때 시원한 맥주를 한잔하면서 여한이 없다고 했는데, 허동화 선생은 "나는 지금까지 해보고 싶은 것 다 해서 여한이 없다."고 말했다. 그래도 나는 짓궂게 물어보았다. "그래도 꼭 하나 더 하고 싶은 것 없으세요?" 주저주저하다 속내를 털어놓았다.

"지금까지 해외에서 7백만 명이 자수·보자기 전시회를 보았는데, 천만 명을 채웠으면 좋겠다."라고 하면서 웃었다.

허동화 선생의 다큐멘터리를 정리하면서 민화도 자수와 보자기처럼 어떻게 세계화해야 할지 반추해 보았다. 최근에 와서 여러 분야에서 세계화를 부르짖지만, 대부분 구두선에만 그칠 뿐 실제 실천한 곳은 거의 보기 힘들다. 그런 점에서 한국문화 세계화의 가장 모범적인 사례가 될 것이다.

허동화 선생은 우리 자수와 보자기가 세계 디자인계의 판도를 바꿀 수 있다는 믿음을 갖고 있다. 그런 점에서 그가 민간 차원에서 이룩한 세계화는 높이 평가해야 할 성과이다. 더욱이 그는 자수와 보자기 같은 규방문화는 우리 여인들의 상상력, 사랑과 정성으로 가득한 휴머니즘, 희로애락의 애틋한 감성이 깃든 행복문화의 최고 가치라고 믿고 있다.

인터뷰 내내 허동화 선생이 낭만적 휴머니스트라는 생각이 떠나지 않았던 것은 그 때문이다. 그것도 감동적인 스토리텔링으로 풀어나갔다. 이처럼 아름답고 이처럼 매력적인 자수와 보자기라면, 천만 명이 아니라 수천만 명의 외국인들이 열광하는 그날이 머지않을 것이라 생각한다.

정 병 모

부록

해외전

나라	전시명	전시기간	장소	포스터
France	Broderie Coréenne Traditionnelle	1984.6.12 - 1984.7.11	파리주재 한국문화원 Centre Culturel Coréen, Paris	
	Le Royaume Ermite Les Peintres Du Silence	1998.5.15 - 1998.9.6	몽베르야르 시립박물관 Montbeliard Museum	
	Corée Pays du Matin Calme 니스 동양박물관 개관 기념전	1999.10.16 - 2000.3.15	니스 동양 박물관 Musée des Art Asiatiques, Nice	
UK	Korean Embroidery 한영수교 100주년 기념전. The special exhibition for 100th anniversary of Korea-England diplomatic relation	1984.2.11 - 1984.4.15	빅토리아 앨버트 뮤지엄 Victoria & Albert Museum, London	
	Traditional Korean Wrapping Cloths	1990.3.13 - 1990.4.29	캠브리지대학 피츠윌리엄 뮤지엄 Fitzwilliam Museum, Cambridge	
	Traditional Korean Wrapping Cloths	1990.5.9 - 1990.7.1	옥스퍼드대학 애쉬 몰리언 뮤지엄 Ashmolean Museum, Oxford	

나라	전시명	전시기간	장소	포스터
Belgium	Couleurs des Quatre Saisons -Costumes et Pojagi de Corée À L'époque Chosôn 한국의 해 기념전. The exhibition for the year of Korea	1996. 9. 20 - 1996. 12 8	마리몽 왕립박물관 Musée Royal de Mariemont, Bruxelles	
Turkey	보자기와 보흐차의 만남 Bohça ve Bocagi'nin Buluşması 2013 한―터 문화교류의 해 기념전	2013. 6. 12 - 7. 27	앙카라 국립회화 건축박물관 Resim Heykel Müzesi, Ankara	
USA	Korean Costume and Textiles	1992. 4. 14 - 1992. 5. 13	뉴욕 아이비엠갤러리 IBM Gallery, New York	
	Profusion of Color -Korean Costumes Wrapping Cloths of the Chosun Dynasty	1995. 2. 28 - 1995. 4. 30	샌프란시스코 아시안아트뮤지엄 Asian Art Museum of San Francisco, California	
		1995. 9. 9 - 1996. 3. 3	시애틀 아트뮤지엄 Seattle Art Museum	
		1996. 4. 25 - 1996. 7. 22	보스턴 피바디엑세스뮤지엄 Peabody Essex Museum, Boston, Massachusetts	
	A Traditional Art Form - Wrappings of Happiness 하와이 이민 100주년 기념전	2003. 9. 4 - 2003. 12. 7	하와이 호놀룰루 아카데미아트센타 Honolulu Academy of Arts, Hawaii	

한국자수박물관 전시 목록―해외전

나라	전시명	전시기간	장소	포스터
Germany	Klassische Koreanische Stickerei 한독수교 100주년기념전. The special exhibition for 100th anniversary of Korea-Germany diplomatic relation	1983. 10. 15 - 1983. 12. 18	쾰른 케라미온박물관 Keramion Museum, Köln	
Germany	Cha Su -Die Kunst der Koreanischen Stickerei	1987. 3. 14 - 1987. 5. 24	쾰른 동아시아박물관 Museum für Ostasiatische Kunst, Köln	
Germany	Korea Cha Su -Kunst der Seidenstickrei	1998. 5. 28 - 1998. 8. 28	린덴박물관 Linden Museum, Stuttgart	
Australia	Rapt in Colour -Korean Textiles and Costume of the Chosôn Dynasty 시드니올림픽 기념전	1998. 9. 10 - 1999. 4. 18 1998. 4. 19 - 1999. 7. 18	시드니 파워하우스 박물관 Powerhouse Museum, Sydney	
Australia	Rapt in Colour -Korean Textiles and Costume of the Chosôn Dynasty 시드니올림픽 기념전	1999. 10. 10 - 2000. 2. 27	멜번 이미그레이션 박물관 Immigration Museum, Melbourne	
Italy	Il Paese dei Colori -Abiti Portavestiti Coreani del Periodo Chos ôn 한국의 해 기념전, The exhibition for the year of Korea	2003. 9. 17 - 2003. 10. 19	피렌체 오니산티 성당 Chiesa di Ognissanti, Firenze	
New Zealand	Wrapped -Exquisite Korean Textiles from the Chosôn Dynasty	2005. 8. 27 - 2005. 11. 6	와이카토 박물관 Waikato Museum	

나라	전시명	전시기간	장소	포스터
Spain	Labores milenarias, Tejido del Museo de bordados de Corea 한서수교 60주년 기념전, The special exhibition for 60th anniversary of Korea-Spain diplomatic relation	2010. 11. 11 - 2011. 2. 27	마드리드 국립의상박물관 Museo des Traje, Madrid	
Japan	李朝の民藝 Korean Folk Crafts in Joseon Dynasty	1986. 5. 13 - 1986. 7. 27	오사카 일본민예관 日本民藝館, 大板 The Japan Folk Crafts Museum, Osaka	
	朝鮮王朝の美 -Masterpieces of Korean Art from the Joseon Dynasty	2001. 7. 14 - 2001. 8. 26	북해도립근대미술관 北海道立近代美術館 Hokkaido Museum of Modern Art	
	韓國の古刺繡 한국문화원 개관 기념전, Special Exhibition for the opening Korean cultural center	1979. 6. 11 - 1979. 6. 23	동경 주재 한국문화원 韓國文化院, 東京 Korean Cultural Center, Tokyo	
	李朝の民藝 Korean Folk Crafts in Joseon Dynasty	1986. 5. 13 - 1986. 7. 27	동경 일본민예관 日本民藝館, 東京 The Japan Folk Crafts Museum, Tokyo	
	오방색 조각보전 The wrapping cloth in 5 traditional color	1989. 7 - 1989. 9	나고야 세계디자인박람회 Nagoya 世界 World Design Expo, Nagoya	
	日本大板民藝館 開館20週年記念特別展 -韓國の傳統紙工藝美術展 개관 20주년 기념 특별전, Special Exhibition for the 20th Inauguration Anniversary	1990. 9. 15 - 1990. 12. 9	오사카 일본민예관 大板日本民藝館 The Japan Folk Crafts Museum, Osaka	

한국자수박물관 전시 목록—해외전

나라	전시명	전시기간	장소	포스터
Japan	日本大板民藝館 開館20週年記念特別展 -韓國の傳統紙工藝美術展 개관 20주년 기념 특별전, Special Exhibition for the 20th Inauguration Anniversary	1991. 3. 5 - 1991. 6. 4	동경 일본민예관 東京日本民藝館 The Japan Folk Crafts Museum, Tokyo	
	ポジャギ展 Korean Wonder Cloth Exhibition	1990. 10. 12 - 1990. 12. 1	아카사카 소게츠 미술관 草月美術館, 東京 Sogetsu Art Museum,Tokyo	
	李王朝時代の刺繡と布 -希いをぬう喜びをぐ 여성문화소개특별전	1996. 5. 23 - 1996. 7. 7	오사카 국립국제미술관 國立國際美術館, 大板 The National Museum of Art Osaka	
		1995. 8. 12 - 1995. 9. 24	사이다마 현립 근대 미술관 埼玉県 立近美術館, 東京 The Museum of Mordern Art, Saitama, Tokyo	
		1995. 10. 7 - 1995. 11. 26	훗가이도립 근대 미술5관 北海道立近代美術館 Hokkaido Museum of Modern Art	
		1996. 4. 5 - 1996. 5. 19	나고야 시립미술관 名古屋市美術館 Nagoya City Art Museum	
		1996. 11. 13 - 1996. 12. 15	시모노세키 시립미술관 下關 市立美術館 Shimonoseki City Art Museum	

나라	전시명	전시기간	장소	포스터
Japan	韓國の色Tとかたち Colors and Shapes 한일 우호 증진 기념특별전	1992. 6. 30 - 1992. 8. 16	동경 아자부 미술공예관 麻布美術工藝館, 東京 The Azabu Museum of Art and Crafts, Tokyo	
	女たちの彩展	1993. 7. 29 - 1993. 8. 11	히로시마 교육회관 広島教育會館 The International Education Center, Hiroshima	
	韓國の風呂敷 - 麻のポジヤギ	2000 - 2009 once a year, 10 times	수상촌미술관 川のほとり美術館, 姫路 Folk Art Riverside Museum, Himeji	
	朝鮮王朝の美 -Masterpieces of Korean Art from the Joseon Dynasty	2001. 9. 19 - 2001. 11. 11	북해도립 하꼬다네미술관 北海道立函館美術館, 北海道 Hakodate Museum of Art, Hokkaido	
	朝鮮王朝の美 -Masterpieces of Korean Art from the Joseon Dynasty	2002. 2. 19 - 2002. 3. 31	히로시마 현립미술관 広島県立美術館 Hiroshima Prefectural Art Museum	
	朝鮮王朝の美 -Masterpieces of Korean Art from the Joseon Dynasty	2002. 4. 9 - 2002. 5. 19	기후현립미술관 岐阜県美術館 The Museum of Fine Arts, Gifu	
	韓国古刺繡とポヅヤギ展 - 福を呼び福を包む Korea Patchwork Pojagi	2006. 2. 2 - 2006. 2. 26	쿄토에끼미술관 京都「えき」美術館 Kyoto, Museum Eki Kyoto	

나라	전시명	전시기간	장소	포스터
Japan	韓國古刺繡とポジヤギ展	2007. 2. 1 - 2007. 2. 25	요꼬하마소고미술관 そごう美術館, 横浜 Sogo Museum of Arts, Yokohama	
	ポジヤギとチョガツポ展	2008. 9. 6 - 10. 13	교토 고려미술관 高麗美術館 Koryo Museum of art, Kyoto	
	ポジヤギとチョガツポ展	2011. 9. 3 - 11. 6	교토 고려미술관 高麗美術館 Koryo Museum of art, Kyoto	
	ポジヤギとチュモニ展	2014. 1. 8 - 3. 30	교토 고려미술관 高麗美術館 Koryo Museum of art, Kyoto	

초대전

전시기간	전시명	장소	포스터
1978. 6. 5 - 1978. 8. 25	한국자수특별전 Classical Korean Embroideries Exhibition	국립중앙박물관 National Museum of Korea	
1983. 8. 31 - 1983. 9. 17	한국자수박물관 소장 한국전통보자기특별전 Traditional Wrapping Cloth Exhibition	국립민속박물관 The National Folk Museum of Korea	
1979. 10. 22 - 1979. 11. 3	한국복식관계 전통자수전 Traditional Korean Costume Embroideries Exhibition	이화여자대학교 박물관 Ewha Womans University Museum	
1988. 8. 18 - 1988. 10. 5	한국의 미 88 서울올림픽 기념전 Beauty of Korea	국립중앙박물관 National Museum of Korea	
1990. 1 - 1990. 2	조각보전 The Wrapping cloth	롯데월드 민속관 Lotteworld Folk Museum	
1993. 8. 7 - 1993. 11. 7	재생의 미 옛조각보전 Exhibition of Traditional Korean Wrapping Crafts	엑스포 재생조형관 The Taejon Expo '93	
2000. 4	조선시대 한국의 옛보자기전 The Wrapping cloth of Choseon Dynasty	외교통상부 공관 Ministry of Foreign Affairs and Trad	

전시기간	전시명	장소	포스터
2000. 11. 10 - 2000. 11. 20	세계도시환경디자인전 문화행사 조각보 및 꼴라쥬 작품 특별전 Specail exhibition for International envirmental design fair	삼성동 아샘회의장 ASEM Seoul 2000	
2002. 4. 17 - 2002. 6. 30	면과 선의 세계 The world of the plain and line	국립진주박물관 Jinju National Museum	
2002. 9. 12 - 2002. 9. 22	보자기의 장 – 추상공간과 직물회화 Esprit of Bojagi - Abstract Space and Fabric Arts	마로니에 미술관 Marronnier Art Center	
2002. 4. 26 - 2002. 5. 19	꽃과 인간전 Flower and Human	안면도 꽃박람회 특별전시장소 Korea Floritopia	
2004. 9. 24 - 2004. 12. 26	황홀한 우리 자수 – 실로잣는 꿈, 눈물한땀 사랑한땀 The Fascination of Korean Embroidery	경기도 박물관 Gyeonggi Provincial Museum	
2005 ~ 현재	박영숙 기증전 Special exhibition for donation of Young sook, Park	국립중앙박물관 박영숙 기증실 National Museum of Korea	
2006. 3. 28 - 2006. 6. 25	이렇게 아름다울 수가 How Beautiful-Korean Patchwork Bojagi	대전 아주미술관 Asia museum, Daejean	
2006. 8. 5 - 2006. 8. 13	국제인천여성미술 비엔날레 – 손길 Internationa l Incheon Women Artists' Biennale	인천종합문화예술회관 미추홀 Incheon Culture & Arts Center	
2010. 6. 4 - 7. 31	이렇게 아름다울 수가 – 규방문화를 세계에 알린 박영숙전 How Beautiful-Korean Patchwork Bojagi	서울대학교 치의학박물관 Dental museum of Seoul University	

전시기간	전시명	장소	포스터
2010. 6. 15 - 7. 30	허동화부채전 The Fan : Donated by Huh donghwa	영인문학관 Youngin Museum of literature	
2010. 9. 1 - 10. 26	규방의 꿈 Woman's dream in gyubang	신세계 백화점 갤러리 (서울, 부산) Shinsegae Gallery	
2011. 8. 24 - 12. 12	보자기: 어울림의 예술 Bojagi : The art of harmony	신세계 백화점 갤러리 (서울, 부산) Shinsegae Gallery	
2012. 9 - 11	김환기와 한국의 미 : 점 선 면의 울림 Kim Whanki and the Beauty of Korea - Echo of Dot, Line, and Plane	환기미술관 Whanki Museum	
2012. 10 - 12	허동화, 그가 걸어온 소박한 예술이야기 Huh Donghwa : Life and Work	영은미술관 Youngeun Museum of art	
2012. 8	국제보자기포럼 특별전 Special Exhibition of Korea Bojagi Forum	헤이리 갤러리	
2012. 10 - 12	이 좋은 날에, 때때옷 입고 A fine day with colorful costume	서울대학교 치의학박물관 Dental museum of Seoul University	
2012. 10 - 12	대한제국 남성예복 : 새로운 물결, 주체적 수용 The ceremonial costume of DaeHan Empire	경운박물관 Kyungwoon Museum	

특별전

전시기간	전시명	장소	포스터
1986. 10 - 1986. 11	86 아시안 게임 기념 한지 공예전 Korean paper craft exhibition to celebrate 86 asian game	한국자수박물관 The Museum of Korean Embroidery	
1991. 10. 16 - 1991. 11. 2	대한제국시대 문물전 Exhibition of European Regalia of Daehan Empire	한국자수박물관 The Museum of Korean Embroidery	
1994. 9. 15 - 1994. 12. 25	조선왕조 자수 특별전 The Special Embroidery Exhibition of Chosun Dynasty	한국자수박물관 The Museum of Korean Embroidery	
2002. 5. 1 - 2003. 1. 21	선 · 면 · 색 · 미전 Line, Plain, Color, Beauty	한국자수박물관 The Museum of Korean Embroidery	
2005. 11. 22 - 12. 20	궁중자수 명품전 Masterpieces of Royal Embroidery	한국자수박물관 The Museum of Korean Embroidery	
2006. 11. 20 - 2007. 3.5	끈목 · 매듭전 Korean Traditional Braid & Knot	한국자수박물관 The Museum of Korean Embroidery	
2007. 10. 22 - 2008. 11. 2	발 · 자리전 The Image of Korean Traditional Blind & Mat	한국자수박물관 The Museum of Korean Embroidery	

전시기간	전시명	장소	포스터
2007. 12. 10 - 2008. 3. 5	규방문화의 세계여행전 Journey to the korean Women's Culture	한국자수박물관 The Museum of Korean Embroidery	
2008. 10. 27 - 11. 10	이와타겐자부로 초대전 Paintings of IWATA ZENGABRO	한국자수박물관 The Museum of Korean Embroidery	
2008. 10. 27 - 2009. 9. 30	실꾸리사패전 Korean Traditional Spools	한국자수박물관 The Museum of Korean Embroidery	
2009. 10. 12 - 2010. 9. 30	이렇게 소담한 베갯모전 Korean Traditional Pillow pads	한국자수박물관 The Museum of Korean Embroidery	
2010. 10. 11 - 2011. 9. 30	복을 담는 주머니 쌈지전 Pouches for Storing Luck, Ju-meo-ni and Ssam-ji	한국자수박물관 The Museum of Korean Embroidery	
2012. 10 - 12	한국과 일본을 잇는 보자기 이야기 A story on 500 years of Korean & Japanese Bojagi	한국자수박물관 The Museum of Korean Embroidery	
2013. 9 - 10	이렇게 귀여운 어린이 옷展 Our very cute clothing for children	한국자수박물관 The Museum of Korean Embroidery	
2013. 10 - 11	사진과 기록으로 보는 한국자수박물관이야기 The records of the museum of Korean Embroidery	한국자수박물관 The Museum of Korean Embroidery	

전시기간	전시명	장소	포스터
2014. 5. 26 - 6. 14	규방예술의 극치, 보자기	이화여자고등학교 박물관 Ewha Museum	
2014. 7. 7 - 12. 31	규방예술의 극치, 보자기	한국자수박물관 The Museum of Korean Embroidery	
2015. 10. 12 - 10. 30	기증전	한국자수박물관 The Museum of Korean Embroidery	
2016. 8. 22 - 9. 30	조각보의 미학 Aesthetic Beauty of Jogakbo Design	한국자수박물관 The Museum of Korean Embroidery	

전시기간	전시명	장소	포스터
2013. 6. 13 - 7. 27	생명의 연장 (Yaşamin Devamı)	터키 앙카라 한국문화원	
2013. 9. 10 - 28	꽃밭에서_ 이렇게 좋은 날 허동화 초대전	핑크갤러리	
1996. 5. 14 - 1996. 5. 30	새가 되고싶은 나무	갤러리 시우터 Siuter Gallery	
1996. 6. 13 - 1996. 7. 4	소박한 일상의 조각들	대전 한림미술관 Daelim Contemporary Art Museum	
1999. 9. 21 - 1997. 10. 20	숨결을 불어넣다 Giving Birth to Matter	하남국제환경박람회 '99 Hanam International Environment Exposition	
2000. 11. 10 - 2000. 11. 20	세계도시환경디자인전 문화행사 조각보 및 꼴 라쥬 작품 특별전	삼성동 아셈총회 회의장 ASEM Seoul 2000	
2000 - 2009 (once a year, 10 times)	오브제의 미학	수상촌미술관 川のほとりの美術館, 姫路 Folk Art Riverside Museum, Himeji	
2004. 9. 24 - 2004. 12. 26	새가 되고 싶은 나무	경기도박물관 Gyeonggi Provincial Museum	

전시기간	전시명	장소	포스터
2005. 11. 22 - 2005. 12. 20	새와 같이 살자	한국자수박물관 부설 컨템포 갤러리 The Museum of Korean Embroidery Contempo Gallery	
2006. 9. 14 - 2006. 9. 29	2006 天工의 솜씨를 찾아서 – 물들임과 빛깔전	서울무형문화재 전수회관 Korea Cultural Heritage Foundation	
2006. 6. 2 - 2006. 6. 25	이렇게 아름다울 수가 – 숨결의 연장 허동화전 How Beautiful	대전 아주미술관 Asia museum, Daejean	
2007. 11. 3 - 2007. 11. 11	예술가의 얼굴과 창조적 인연	사람박물관 얼굴 Museum of Face	
2003	日本 39回 政治文化 畵人展	일본예술위원연맹	
2005. 8. 27 - 2005.1 1. 6	Wrapped -Exquisite Korean Textiles from the Chosôn Dynasty	와이카토 박물관 Waikato Museum, New zealand	
2010. 11. 11 - 2011. 2. 27	Labores milenarias, Tejido del Museo de bordados de Corea 한서수교 60주년 기념전	마드리드 국립의상박물관 Museo des Traje, Madrid, Spain	
2007. 5. 11 - 6. 10	도구로부터 – 신체와의 조응 The Utility of Uselessness	치우금속 공예관 The Chiwoo craft museum	
1999. 12	일본 오브제 작품 기증 기념전	동경 메구로 미술관	

전시기간	전시명	장소	포스터
1997. 5 - 현재 상설전시	허동화 기증 오브제작품전 목록	아주대학교 Ajoo university	
2011. 10	색채협회 그룹전	이화여자대학교 전시실 Ewha womans university	
2010. 9 - 현재	허동화 아크릴 작품 상설 전시 (매년 교체)	수입리 사전가 특별전시실	
2008. 5 - 현재	허동화 오브제 작품 상설전시 (약 100 여 점)	노문리 오브제 특별전시실	
2012. 6	허동화 소장 자수박물관 유물 강윤성디자인전 (직물화)	인더페이퍼갤러리	
2014. 7. 7 - 10. 15	絲田作品展	한국자수박물관 부설 컨템포 갤러리 The Museum of Korean Embroidery Contempo Gallery	
2014. 10. 8 - 12	수원시규방공예공모전	화성행궁 유여택	
2015. 7. 27 - 9. 30	북한강의 사계 – 허동화개인전	국립중앙의료원 갤러리 스칸디아	
2015. 9. 9 - 11. 30	보자기가 핀 꽃나무 – 허동화개인전	하나은행 평창동 지점 갤러리	

출판 목록

저서명	출판연도	출판사	표지
韓國의 刺繡 Korean Embroidery	1978	삼성출판사 Samsung Publishing. co.	
韓國의 古刺繡 Ancient Korean Embroidery	1982	日本同朋舍	
閨中工藝 영문판 Craft of the Inner Court	1986	한국자수박물관출판부 The Museum of Korean Embroidery	
옛 보자기 Ancient Korean Wrapping cloth	1988	한국자수박물관출판부 The Museum of Korean Embroidery	
조선 후기 계급 제도 연구 The study of Chosun dynasty caste -The special exhibition of chosun dynasty Embroidery	1994	한국자수박물관출판부 The Museum of Korean Embroidery	
세상에서 제일 작은 박물관 이야기 A Tale of Smallest Museum in the world	1997	현암사 Hyonam Publishing. co.	
우리가 알아야 할 閨房文化 Inner court culture of ancient Korean women	1997	현암사 Hyonam Publishing. co.	

저서명	출판연도	출판사	표지
이렇게 고운 色 The world of colorful delight	2001	한국자수박물관출판부 The Museum of Korean Embroidery	
이렇게 좋은 刺繡 Voyage to the world of korean Embroidery	2001	한국자수박물관출판부 The Museum of Korean Embroidery	
이렇게 예쁜 보자기 Bojagi's simple elegance	2004	한국자수박물관출판부 The Museum of Korean Embroidery	
이렇게 소중한 보자기역사 The precious history of korean wrapping cloth	2004	한국자수박물관출판부 The Museum of Korean Embroidery	
새와 같이 살자 Save earth	2005	한국자수박물관출판부 The Museum of Korean Embroidery	
끈목 · 매듭 The Traditional Braid & Knot	2006	한국자수박물관출판부 The Museum of Korean Embroidery	
허동화 직물화 작품집 L'art de Huh Dong-wha Prolongation de l'esprit	2006	아주미술관 Asia Museum	
발 · 자리 The traditional Blind & Mat	2007	한국자수박물관출판부 The Museum of Korean Embroidery	

저서명	출판연도	출판사	표지
규방문화의 세계여행 Journey of the korean women's culture	2007	한국자수박물관출판부 The Museum of Korean Embroidery	
실꾸리 · 사패 The Traditional spool	2008	한국자수박물관출판부 The Museum of Korean Embroidery	
이와타 겐자부로 판화 Paintings of IWATA KENZABURO	2008	한국자수박물관출판부 The Museum of Korean Embroidery	
이렇게 소담한 베갯모 The traditional Pillow pads	2009	한국자수박물관출판부 The Museum of Korean Embroidery	
생명의 연장 II Prolongation de l'esprit II	2010	한국자수박물관출판부 The Museum of Korean Embroidery	
복을 담는 주머니, 쌈지 Pouches for Storing Luck, Jumeoni & Ssamzie	2010	한국자수박물관출판부 The Museum of Korean Embroidery	
북한강의 사계 The four seasons of the north Han river	2010	한국자수박물관출판부 The Museum of Korean Embroidery	
한국의 섬유, 그 천년의 노고 Labores milenarias, Tejido del Museo de bordados de Corea	2010	한국자수박물관출판부 The Museum of Korean Embroidery	

저서명	출판연도	출판사	표지
한국과 일본을 잇는 보자기 이야기 A story on 500years of korea & Japanese Bojagi	2012	한국자수박물관출판부 The Museum of Korean Embroidery	
이렇게 귀여운 어린이옷 Our very cute clothing for children	2013	한국자수박물관출판부 The Museum of Korean Embroidery	
꽃밭에서 _ 이렇게 좋은 날 At the garden _ What a wonderful day	2013	한국자수박물관출판부 The Museum of Korean Embroidery	
세상을 감싸는 우리 보자기 (어린이도서) Traditional Bojagi : Wrapping the whole world	2013	도서출판 마루벌	
사진과 기록으로 보는 한국자수박물관이야기 (e북) The records of the museum of Korean Embroidery	2013	한국자수박물관출판부 The Museum of Korean Embroidery	
규방예술의 극치, 보자기	2014	한국자수박물관출판부 The Museum of Korean Embroidery	
보자기가 핀 꽃나무 My life and the World of My Art	2015	한국자수박물관출판부 The Museum of Korean Embroidery	
조각보의 미학 Aesthetic Beauty of Jogakbo Design	2016	한국자수박물관출판부 The Museum of Korean Embroidery